Bianca

EN LA CAMA DEL SICILIANO
Sharon Kendrick

HARLEQUIN

Editado por Harlequin Ibérica.
Una división de HarperCollins Ibérica, S.A.
Núñez de Balboa, 56
28001 Madrid

© 2018 Sharon Kendrick
© 2019 Harlequin Ibérica, una división de HarperCollins Ibérica, S.A.
En la cama del siciliano, n.º 2672 - 9.1.19
Título original: Bound to the Sicilian's Bed
Publicada originalmente por Harlequin Enterprises, Ltd.

I.S.B.N.: 978-84-1307-357-6
Depósito legal: M-35049-2018
Impresión en CPI (Barcelona)
Fecha impresion para Argentina: 8.7.19
Distribuidor exclusivo para España: LOGISTA
Distribuidor para México: Distibuidora Intermex, S.A. de C.V.
Distribuidores para Argentina: Interior, DGP, S.A. Alvarado 2118.
Cap. Fed./Buenos Aires y Gran Buenos Aires, VACCARO HNOS.

Capítulo 1

ROCCO Barberi estaba encolerizado y eso hizo que se detuviera un momento. Porque él no se encolerizaba, él era un hombre frío y calculador. Y sus implacables facciones sicilianas no lo traicionaban nunca, ni un destello de emoción. Sus rivales en los negocios solían decir que hubiera sido un gran jugador de póquer.

Entonces, ¿por qué experimentaba esa ira mientras miraba por el escaparate de aquella tiendecita de objetos de arte en un pueblo de Cornualles?

Él sabía por qué. Por ella, su mujer. Rocco hizo una mueca. Su mujer, de la que vivía separado. La mujer que estaba en la tienda estudiando un jarrón, con los densos rizos oscuros cayendo en cascada por su espalda, destacando la estrecha cintura y la seductora curva de su trasero. La mujer que lo había abandonado sin el menor escrúpulo, sin importarle su reputación o todo lo que había hecho por ella.

Cuando empujó la puerta sonó una campanita y vio que ella levantaba la cabeza. Rocco disfrutó de un breve momento de placer al ver un brillo de incredulidad en los ojos verdes que una vez lo habían hechizado. La oyó contener el aliento y, cuando dejó el jarrón en la estantería, vio que le temblaba la mano.

«Estupendo».

—Rocco —Nicole tragó saliva, llamando su atención hacia el largo y pálido cuello que una vez había cubierto de besos antes de hundir la cara en el suave valle de sus pechos–. ¿Qué… qué haces aquí?

Rocco se mantuvo en silencio para aumentar la tensión, que parecía una nube de tormenta dentro del pequeño local.

—Me has enviado la solicitud de divorcio —respondió por fin–. ¿Qué creías que iba a pasar? ¿Pensabas que te daría la mitad de mi fortuna sin pensarlo dos veces?

Ella se apartó un rizo de la cara, con la timidez de una mujer insegura de su aspecto, y Rocco no estaba preparado para la repentina oleada de deseo que experimentó. ¿Habría puesto más atención en su atuendo de haber sabido que iban a encontrarse, algo más favorecedor que los tejanos gastados y la camisa blanca que ocultaba sus generosos pechos?

—No, claro que no —respondió ella, en voz baja–. Pero pensé...

—¿Qué? –la interrumpió Rocco.

—Que me avisarías antes de venir.

—¿Como hiciste tú cuando me abandonaste?

—Rocco...

—¿O cuando tu abogado me envió los papeles la semana pasada? Ni siquiera tuviste la cortesía de llamar por teléfono para decirme que ibas a pedir el divorcio. Y, naturalmente, eso me hizo pensar que te gustaban las sorpresas. ¿No es así, Nicole? Por eso estoy aquí, para darte una sorpresa.

Nicole empezaba a marearse y no solo por las acusaciones de su marido. No había visto a Rocco Barberi en dos años y, sin embargo, el impacto de su presencia era tan devastador como siempre. Tal vez más aún.

Había olvidado que era capaz de dominar todo a su alrededor, hacer que cualquier habitación pareciese pequeña cuando entraba. Lo había olvidado porque tenía que olvidar al hombre al que había amado, el hombre que solo le había puesto una alianza en el dedo para cumplir con su deber.

Tal vez había sido una ingenua por esperar algo más profundo cuando su relación había estado condenada desde el principio, porque ese tipo de relaciones siempre lo estaban. Hombre rico, mujer pobre. Sí, estaba muy bien en teoría, pero en la práctica...

Recordó entonces los morbosos titulares. Había sido una gran historia en su momento: *Multimillonario siciliano se casa con limpiadora.* Y luego el inevitable: *El fracaso del matrimonio de cuento de hadas.*

Todo había terminado tan abruptamente como empezó. Se había alejado de él porque necesitaba hacerlo. Las diferencias que existían entre ellos los habían distanciado y ella sabía que no había marcha atrás. Cuando perdió el hijo que esperaba ya no había ninguna razón para que volviesen a intentarlo. Tenía que alejarse para sobrevivir.

Se había dicho eso a sí misma una y otra vez cuando se marchó de Sicilia. Al principio cada doloroso minuto le había parecido una eternidad, pero los días se convirtieron en semanas y meses. No había respondido a las llamadas de Rocco ni a sus cartas porque sabía que esa era la única manera de olvidarse de él, aunque entonces le había parecido una tortura. Cuando los meses se convirtieron en años pensó que

Rocco había aceptado que estaban mejor separados, como ella. Y, sin embargo, allí estaba. En su tienda y en su vida. Era como si una garra le apretase el corazón, devolviéndola al pasado.

Pero debía concentrarse en la realidad, no en el cuento de hadas que no había existido nunca. Cuando el influyente multimillonario siciliano, que la había tratado como si fuera una propiedad que se había visto forzado a adquirir contra su voluntad, dictaba hasta qué ropa debía ponerse.

El traje de chaqueta oscuro destacaba su físico atlético y la anchura de sus hombros. Nicole tuvo que tragar saliva al ver el contraste de la inmaculada camisa blanca con su bronceada piel.

¿Creía haberse vuelto inmune a él en esos años? Por supuesto que sí, porque la esperanza era una emoción que desafiaba a la lógica y hacía que te levantases cada mañana por sombrío que pareciese el mundo. Sin embargo, Rocco parecía más imponente que nunca, como si su ausencia hubiera añadido otra dimensión a su poderosa sexualidad.

Su piel morena y esos preciosos ojos azules, unos ojos que podían inmovilizarte con una sola mirada, que podían desnudarte en un segundo antes de hacer esa tarea con las manos.

La última vez que lo vio, el dolor y el vacío no dejaban sitio para nada más. Pero ahora...

Era como si Rocco hubiera despertado sus sentidos sin intentarlo siquiera. De repente, sentía un cosquilleo en los pechos, un río de ardiente lava entre las piernas. Su cuerpo parecía haber despertado a la vida haciendo que se pusiera colorada. Pero esos pensamientos solo eran una distracción y una pérdida de tiempo. Era absurdo desear a Rocco. Ella no era nada para él y nunca lo había sido. Solo la mujer con la que se casó y que no pudo darle el hijo que esperaba. Todo había terminado. En realidad, no había empezado nunca, de modo que no tenía sentido prolongar su matrimonio.

—¿Qué puedo hacer por ti? —le preguntó, intentando controlar su expresión—. No sé qué podrías querer discutir conmigo, pero sea lo que sea, ¿no sería mejor hacerlo a través de los abogados?

—Estoy aquí porque creo que podemos hacernos un favor el uno al otro.

Ella lo estudió, recelosa.

—No entiendo. Estamos separados y la gente separada no se hace favores.

Rocco se pasó la yema del pulgar por el labio inferior. Sabía que mucha gente describiría lo que estaba a punto de hacer como un chantaje emocional, pero le daba igual. ¿No se lo merecía su traidora esposa? ¿No había llegado el momento de hacerle ver que no se traicionaba a Rocco Barberi a menos que se estuviera dispuesto a pagar por ello? Por eso estaba allí, para decirle exactamente lo que quería, sabiendo que se vería obligada a concederle ese deseo si quería el maldito divorcio.

Había pensado que sería muy sencillo, pero no había contado con el deseo. Un deseo que lo había tomado por sorpresa. Se había imaginado que la miraría con la fría imparcialidad con la que miraría a cualquier otra examante porque una vez que has probado varias veces el cuerpo de una mujer el apetito disminuye. Pero no era así.

Se preguntó qué tenía Nicole que lo excitaba de

ese modo, tanto que le resultaba difícil pensar en algo que no fuera estar dentro de ella de nuevo, poseyéndola hasta que gritase su nombre. ¿Era porque una vez había llevado su alianza en el dedo y eso era más importante de lo que había creído?

–Necesito que hagas algo por mí –anunció.

–Lo siento, pero estás hablando con la persona equivocada –respondió ella, sacudiendo la cabeza–. No tengo que hacer nada por ti. Vamos a divorciarnos.

–Tal vez sí –dijo él entonces–. O tal vez no.

Nicole lo miró, consternada.

–La ley dice que podemos divorciarnos después de estar dos años separados.

–Sé lo que dice la ley, pero solo se puede obtener el divorcio si las dos partes están de acuerdo –Rocco hizo una pausa–. Piénsalo, Nicole. Necesitas mi consentimiento para romper nuestro matrimonio y yo podría retrasar el proceso durante años.

La innegable amenaza estuvo a punto de hacer que ella saliese corriendo. El instinto le decía que se alejase hasta que no pudiese encontrarla. Pero entonces recordó que el instinto nunca le había servido de nada con Rocco Barberi. Al contrario, la había llevado a sus brazos y a su cama, aunque en su fuero interno sabía que él solo quería sexo.

Pero ya no era esa mujer, esa virgen enamorada que había permitido que su poderoso jefe la sedujese, la víctima de sus expertas caricias, la inocente joven limpiadora que se había creído sus mentiras. La mujer que se había puesto obedientemente las bragas sin entrepierna que él le había comprado en Londres y se había revuelto de placer cuando él introdujo un dedo entre los húmedos pliegues. Incluso había fingido disfrutar del azote de un látigo acariciando sus desnudas nalgas porque quería darle tanto placer como le daba él. Porque había querido complacerlo, ser la amante perfecta con la esperanza de que un día llegase a importarle tanto como Rocco le importaba a ella.

Sin embargo, poco después de entregarle su virginidad, Rocco había empezado a distanciarse, a evitarla en la oficina. De repente, tenía continuos y urgentes viajes de negocios. De hecho, si la naturaleza no hubiese intervenido poniéndolos en el inesperado papel de futuros padres, tal vez no habrían vuelto a verse.

Nicole sacudió la cabeza, diciéndose que todo aquello era el pasado. Las cosas eran diferentes ahora y estaba acostumbrándose a su vida como mujer soltera. Era difícil subsistir con el poco dinero que ganaba en la tiendecita de arte que había abierto con una beca del Ayuntamiento, pero al menos estaba haciendo realidad su sueño en lugar de vivir una pesadilla.

No necesitaba a Rocco Barberi, ni sus millones ni su frío corazón, de modo que levantó la cabeza para mirarlo directamente a los ojos.

–¿Y por qué no ibas a dar tu consentimiento cuando los dos sabemos que nuestro matrimonio está roto?

–¿Es por eso por lo que nunca respondiste a mis cartas? ¿Porque habías tomado esa decisión sin contar conmigo?

–Tú lo sabías tan bien como yo –replicó ella–. No tenía sentido alargarlo más.

Él iba a responder cuando sonó la campanilla de la

puerta y una mujer de mediana edad entró en la tienda. ¿Habría notado la tensión en el ambiente? ¿Era por eso por lo que miraba insegura de uno a otro?

–Lo siento –se disculpó automáticamente–. Yo quería...

–Está cerrado –la interrumpió Rocco.

Nicole iba a protestar, pero era demasiado tarde porque la mujer había salido de la tienda murmurando una apresurada disculpa. Y entonces se volvió hacia él, con sus ojos de color esmeralda echando chispas.

–¡No puedes hacer eso! –exclamó, indignada–. ¡No puedes entrar en mi tienda y ordenarles a mis clientes que se marchen!

–Acabo de hacerlo –dijo él, sin disculparse–. Así que deja que te explique esto con cuidado para que no haya malentendidos. Tienes una alternativa, Nicole. O le doy la vuelta al cartel ahora o aceptas verme cuando cierres la tienda. Porque no quiero más interrupciones mientras te hago mi proposición.

–¿Proposición?

–Eso es lo que he dicho.

–¿Y si me niego?

–¿Por qué ibas a negarte? Quieres tu libertad, ¿no? La preciosa libertad que es tan importante para ti. Por eso podría interesarte... darme ese capricho.

Su voz seguía teniendo ese tono aterciopelado que siempre la había empujado a sus brazos para besarlo.

Pero ya no. Daba igual que su cuerpo anhelase sentirse cerca de él. Tenía que luchar contra esa atracción con todas las fibras de su ser.

Además, tenía razón. No era muy profesional que los clientes la viesen discutiendo con alguien en la tienda. No pasaría nada por escucharlo, por darle ese capricho para recuperar su libertad.

–Muy bien –dijo por fin, suspirando–. ¿Qué tal si tomamos algo cuando cierre la tienda? En el muelle hay un café con un toldo rojo y blanco. Nos veremos allí.

–No quiero que hablemos en un sitio público –se apresuró a decir él–. Quiero ir a tu apartamento para ver el sitio por el que cambiaste tu casa de Sicilia.

Nicole estuvo a punto de decirle que el lujoso complejo Barberi había sido más una prisión que un hogar, pero no tenía sentido. Sería mejor mostrarle el sitio en el que vivía. Tal vez así Rocco entendería que el dinero y los privilegios no significaban nada para ella cuando estaba en juego su paz interior.

–Vivo en un estudio sobre el salón de té de Greystone Road. En el número treinta y siete –le dijo, a regañadientes–. Pero no vayas antes de las siete.

–*Capisce* –asintió él.

Iba a salir de la tienda, pero se detuvo frente a una pequeña exposición de cerámica y tomó una de las piezas para estudiarla de cerca. Era una jarra de terracota con un asa en forma de rama retorcida, como la de un limonero, y varios limones pintados sobre un fondo azul, una representación artística del mar.

Rocco la estudió atentamente antes de volverse para mirarla a los ojos.

–Es bonita –le dijo–. Me recuerda a Sicilia.

Ella asintió, apretando los labios.

–Eso fue lo que me inspiró.

–Tal vez debería comprarla. Tengo la impresión de que necesitas clientes.

–Sobre todo cuando tú te encargas de espantar a

los que entran. Pero esa jarra no está en venta –replicó Nicole, señalando la pegatina roja.

No era verdad, aunque nunca había estado en venta. Era la última pieza de una colección que había hecho cuando volvió de Sicilia con el corazón roto. La colección que mejor había vendido, pero no iba a contárselo. Como no iba a hablarle de la ranita para bebés que había comprado después de hacerse la primera ecografía, que estaba guardada en la cómoda de su dormitorio. Pensaba vender la jarra en cuanto hubiera conseguido el divorcio, pero nunca podría deshacerse de esa prenda.

Rocco dejó la jarra sin dejar de mirarla con esos increíbles ojos de color azul zafiro. Era el hombre más atractivo que había conocido nunca y eso no había cambiado. Aún podía hacer que se le acelerase el corazón, aún podía hacerla temblar y que sus pechos se hinchasen bajo el sujetador mientras recordaba el momento más amargo de su vida y el miedo de no poder recuperarse nunca.

Pero se había recuperado y lo había hecho sin él porque no estaban hechos el uno para el otro. Había aceptado eso y era hora de que Rocco lo aceptase también.

Y quería que saliera de su tienda antes de que el dolor que crecía dentro de ella asomase a sus ojos. Antes de disolverse en amargas lágrimas al recordar todo lo que había perdido.

Capítulo 2

DESPUÉS de dos tazas de té y un serio recordatorio de que poniéndose emotiva no conseguiría nada, Nicole intentó mantener la calma cuando por fin salió de la tienda y encontró a Rocco esperando en la puerta de su apartamento.

Sabía que dejarse llevar por los tristes recuerdos no servía de nada, que debía mantener la calma, pero tal vez eso era imposible con un hombre como Rocco.

Parecía tan fuera de lugar en la estrecha calle, tan alto, oscuro y poderoso en contraste con las pintorescas casitas que lo rodeaban. Frente a las jardineras llenas de flores, su marido era una figura imponente, inmóvil.

Y se le aceleró el corazón mientras se acercaba a él.

Un grupo de gente salía del salón de té que había debajo de su apartamento, mezclándose con los que paseaban por la calle. Todos se volvían para mirar a Rocco, hombres y mujeres, como sorprendidos por el solemne desconocido. Aunque era el presidente de una importantísima empresa farmacéutica, y uno de los hombres más ricos del mundo, Nicole sospechaba que hubiese atraído la misma atención aunque no poseyera nada.

Y no debía olvidar eso. No debía olvidar que, a

pesar de los dolorosos recuerdos, seguía siendo tan susceptible ante Rocco como cualquier mujer.

Y él podía volver a hacerle daño.

Los ojos de color zafiro estaban clavados en ella y Nicole se sintió ridículamente tímida.

—Has llegado temprano —le dijo, mientras buscaba las llaves en el bolso.

—Ya sabes cómo soy —bromeó él—. Siempre impaciente.

—Entonces será mejor que subamos.

Rocco se apartó para dejarla pasar, respirando su aroma mientras abría la puerta, un aroma que no tenía nada que ver con el perfume. Era su propia esencia, que una vez le había parecido embriagadora.

Seguía siendo así, y eso era algo que no había esperado en absoluto. Pero Nicole tenía un talento especial para despertar en él emociones inesperadas. Casi tres años antes había caído rendido ante el provocador brillo de sus ojos verdes. Se había saltado todas sus normas cuando la conoció porque... aún no sabía por qué. Tal vez había perdido la cabeza por esas abundantes curvas, que le daban un aspecto irresistiblemente femenino.

Cuando la sedujo pensó que era una mujer con experiencia. ¿Por qué no iba a pensarlo cuando había tonteado con él desde su primer encuentro? Sin embargo, no la había tocado hasta la cuarta cita, algo inaudito en él. Sabía que Nicole lo deseaba, pero había hecho un esfuerzo para contenerse. Aún no sabía por qué. Tal vez solo había querido retrasar en lo posible la gratificación para preservar ese delicioso ardor que tanto lo excitaba.

Pero cuando descubrió que era virgen todo se había puesto patas arriba. La intimidad con Nicole Watson había eclipsado cualquier otro encuentro sexual y Rocco sintió la tentación de tomarla entre sus brazos para ver si era tan excitante como recordaba. Quería perderse en su cuerpo, tan suave y femenino, y entrar en la húmeda cueva que siempre lo recibía con ansia.

Pero ella había desertado de él.

Ese recuerdo fue suficiente para disolver el deseo mientras la seguía por la desvencijada escalera de madera, incapaz de contener un gesto de desprecio cuando entró en un abarrotado salón. ¿Una Barberi viviendo en un sitio como aquel? Hasta un criado habría tenido un aposento mejor.

Rocco miró a su alrededor. Era diminuto, con un viejo sofá cubierto por una tela de colores, un viejo sillón, una anticuada estufa eléctrica y un arco que llevaba a una minúscula cocina. Y nada más.

Había una fotografía de su madre en la pared, pero ninguna de él. Rocco apretó los labios. ¿De verdad había pensado que conservaría alguna foto suya? Tal vez una de los dos en la puerta de la catedral siciliana el día que se casaron, el velo de tul blanco flotando sobre los rizos oscuros de Nicole y su estómago plano escondiendo un embarazo de varias semanas.

Se preguntó entonces qué lo había hecho pensar en ese tema tabú, pero apartó esa imagen de su mente mientras miraba a la mujer que estaba frente a él, pensando en lo diferente que parecía.

Nada de joyas, ninguna de las elegantes prendas con las que había llenado su vestidor. Al contrario, tejanos y grandes aros plateados entre los oscuros rizos, el aspecto bohemio que siempre le había gustado.

Un atuendo que le parecía atractivo para una amante, pero no para la esposa de un Barberi.

—¿Qué querías pedirme, Rocco? —le preguntó ella, apretando los labios.

Él hizo una mueca. La había sacado de la pobreza y le había dado una vida mejor. Le había enseñado todo: cómo debía vestir, cómo debía comportarse, cuándo debía hablar y cuándo debía guardar silencio. Y ella lo trataba con la impaciencia con la que trataría a un vendedor ambulante.

—¿Ni siquiera vas a ofrecerme un café?

—No tengo tiempo... y no sabía que pensabas quedarte un rato —replicó ella—. ¿Qué tenías que decirme?

Rocco se sentó en el brazo del sofá y estiró sus largas piernas.

—Necesito que hagas un papel... durante un tiempo.

—¿Un papel? —repitió ella—. ¿De qué estás hablando?

—El papel de mi esposa. O, más bien, la esposa con la que me he reconciliado.

—¿Estás loco?

Rocco se había hecho esa misma pregunta muchas veces. No entendía cómo podía haberse enamorado de alguien como ella, por qué una humilde limpiadora de su oficina de Londres lo había hechizado. Por ella, se había comportado de una forma que aún le hacía sentir escalofríos. Como aquel día, cuando cerró la puerta de su despacho para tomarla sobre el escritorio. Recordaba cómo Nicole levantaba las caderas, rogándole en silencio que le quitase las bragas, y él haciéndolo con manos temblorosas, deslizando los dedos en su húmedo calor antes de entrar en ella con un ansia que lo consumía, que lo volvía loco.

Su legendario autocontrol había desertado de él la primera vez que la tocó. El presidente de las industrias Barberi haciendo el amor con una empleada en la oficina. ¡El presidente de las industrias Barberi con los pantalones por los tobillos como un adolescente!

Tuvo que tragar saliva antes de responder:

—Al contrario, *cara*, hablo completamente en serio. La petición de divorcio no podría llegar en peor momento para mí.

—¿En serio?

—Quiero firmar un trato importantísimo que está en la cuerda floja.

—Pensé que siempre tenías éxito en los negocios. Parece que has perdido facultades.

Él esbozó una sonrisa impaciente.

—Este trato es muy importante, el más importante en mucho tiempo. Se trata de la adquisición hostil de una empresa europea que convertirá a Barberi en la empresa farmacéutica más importante del mundo.

—Entonces, ¿cuál es el problema?

—El problema es que hay cierta oposición a que yo me involucre. Varios de los accionistas han contratado a una agencia de investigación para buscar trapos sucios y mi complicada vida personal podría provocar algún problema. Además, uno de los mayores accionistas es Marcel Dupois, un hombre extremadamente conservador y gran defensor de los valores familiares —Rocco hizo una pausa—. Lo último que necesito ahora es una esposa que pida el divorcio.

–Pues entonces suspende la adquisición.

–Pero es que no quiero hacerlo –replicó él–. Es demasiado importante para mí.

Nicole asintió con la cabeza. Por supuesto que sí, los negocios eran lo único importante para Rocco. Lo único que le interesaba de verdad y que tenía preferencia por encima de todo. Incluso por encima de su esposa. Especialmente por encima de su esposa.

–¿Y esperas que retire la petición de divorcio?

–Solo de forma temporal –dijo Rocco–. Quiero que hagas un papel. Siempre se te ha dado bien hacer papeles, ¿no, Nicole? Será muy fácil. Lo único que tienes que hacer es fingir que sigues siendo mi esposa durante un par de días.

–Que finja ser tu esposa –repitió ella.

–Así es. Tenerte a mi lado este fin de semana sería muy útil para mí.

–¿Útil?

–¿No te gusta esa palabra?

Nicole hizo una mueca. No le gustaba la palabra porque parecía enfatizar lo único que había sido para él: alguien conveniente que podía ser utilizado y abandonado cuando le apeteciese.

Le daban ganas de empujarlo hacia la puerta, de decirle que no volviese nunca, hasta que recordó lo que había dicho su abogado antes de enviar la solicitud de divorcio.

«Su marido es un hombre muy poderoso, señora Barberi. Nadie querría enredarse en una batalla legal con alguien así. Mi consejo es que el proceso sea lo más amistoso posible».

Nicole lo entendía, pero aun así... ¿hacerse pasar

por su amante esposa? ¿Abrirse al dolor y la frustración, hacer una burla de su fracasado matrimonio?

De ningún modo.

—Es una petición absurda. Siento que hayas venido hasta aquí para nada, pero no puedo hacerlo.

—Hablo en serio, Nicole. Si decides no cooperar, puede que no te conceda el divorcio.

—No puedes impedírmelo.

—Claro que puedo. Llevamos dos años separados, pero sigues necesitando mi colaboración —Rocco hizo una pausa—. He hablado con muchos abogados y sé que puedo defender mi petición alegando que no creo que nuestro matrimonio esté irrevocablemente roto.

—No puedes hacer eso...

—Haré lo que tenga que hacer para conseguir mi propósito —la interrumpió Rocco—. Es tu decisión, *cara*.

Su tono era decidido, implacable. Su abogado tenía razón, Rocco haría lo que quisiera porque tenía fondos ilimitados y ella no. Era tan sencillo como eso.

En teoría, podía esperar para obtener el divorcio, pero no quería hacerlo. ¿Tres años más atada a los recuerdos de Rocco Barberi? ¿Sintiendo que algo la retenía, impidiéndole rehacer su vida? ¿Soportando que esos ojos de color azul zafiro invadiesen sus sueños cada noche?

No, imposible.

—Y, si decidiese participar en esa farsa, ¿qué tendría que hacer?

Rocco no mostró entusiasmo alguno. Su expresión era tan fría e impasible como siempre. Seguía siendo el maníatico del control que ella conocía bien.

–Acompañarme a un estreno, una cena y un cóctel durante un par de días, solo eso.

–Solo eso –repitió ella lentamente.

–Debemos fingir que queremos volver a intentarlo. A todo el mundo le gustan las historias de reconciliación –dijo él, con tono burlón–. Tú conseguirás un fin de semana en Mónaco y yo conseguiré firmar la adquisición.

–¿Mónaco?

–Allí es donde vivo ahora.

–¿No vives en Sicilia?

–No, ya no.

Había cierta tristeza en su tono, o quizá eran imaginaciones suyas. Pero de verdad le sorprendía que hubiese abandonado su país.

Intentó sopesar sus opciones mientras él la miraba, preguntándose si podría tomar parte en aquel descabellado plan. Qué ironía que tuviese que interpretar a su esposa para dejar de serlo oficialmente.

¿Podría hacerlo?

En público tal vez, pero en privado...

Nicole se pasó la lengua por los labios, secos de repente. Porque seguían en guerra el uno con el otro, pero las cosas no eran tan sencillas. Nunca lo eran con Rocco. Él era el único hombre al que había deseado en toda su vida y estaba empezando a reconocer que seguía siéndolo.

Él no había dado a entender que sintiese lo mismo y no había forma de saber qué pasaba por esa insondable cabeza. ¿Qué pasaría si Rocco seguía deseándola? ¿Sería capaz de resistirse si intentaba seducirla con su encanto siciliano?

No quería que volviese a romperle el corazón y, por lo tanto, no podía dejar que se acercase a ella. Y, para eso, debía recordar cuánto le había dolido tener que dejarlo. Pero aun así...

No, el riesgo era demasiado grande.

—No puedo hacerlo —dijo por fin, tragándose la emoción—. Tienes que entenderlo.

Si había esperado un mínimo de consideración estaba muy equivocada. Rocco la miró con ese gesto decidido que ella conocía tan bien y luego miró su reloj antes de encogerse de hombros.

—Entonces, nos veremos en los tribunales.

Y Nicole lo creía porque Rocco Barberi no era un hombre que hablase por hablar. Tenía poder para hacer lo que quisiera y, si eso incluía utilizar a una esposa a la que nunca había amado para conseguir algo, lo haría sin dudarlo. La tenía acorralada y lo sabía.

El corazón le latía acelerado cuando se enfrentó con la brillante mirada azul, incapaz de disimular su encono.

—Muy bien —le dijo—. Si no me dejas otra opción... lo haré.

Rocco asintió solemnemente. Había conseguido lo que quería, pero no podía dejar de preguntarse por qué estaba dispuesta a hacer algo que claramente detestaba solo para conseguir el maldito divorcio.

—¿Por qué tanta prisa? —le preguntó, mirando a su alrededor con gesto despreciativo—. ¿Estás deseando poner tus manos en mi dinero? ¿Te despertaste una mañana y decidiste que este sitio andrajoso no era para ti? ¿Pensaste que tu rico marido debía darte una indemnización?

Ella negó con la cabeza.

—No es por el dinero, Rocco. No tengo intención de sangrarte.

—¿No?

—Nunca te he pedido nada.

Era cierto, nunca le había pedido nada...

Pero entonces se le ocurrió otra posibilidad y, de repente, Rocco experimentó una oleada de deseo y posesión tan poderosa como un veneno. Porque creía haberla olvidado. Lo había creído desde que volvió de Estados Unidos y descubrió que Nicole lo había abandonado.

—Entonces, tal vez sea otra cosa, algo más común en estas situaciones.

—¿De qué estás hablando?

—Tal vez hay otro hombre en el horizonte y quieres ser libre para él. ¿Es eso, mi pequeña seductora?

Si era así, tendría que esforzarse para conseguir el divorcio. ¿Y no se sentiría indignado su nuevo amante al saber que iba a pasar un fin de semana con su marido? Rocco experimentó una punzada de sádico placer.

—Te equivocas.

—Tal vez ya tienes una nueva relación y él te ha pedido que te libres de tu marido siciliano lo antes posible.

Nicole estuvo a punto de reírse en su cara. Ningún hombre había mostrado interés por ella desde que llegó a Cornualles, seguramente porque emitía vibraciones negativas, pero aunque el hombre más guapo e interesante del mundo le hubiese pedido una cita la habría dejado fría porque ningún otro hombre podía ser Rocco y él era el único al que deseaba. Y, a veces, temía que eso no fuese a cambiar nunca. ¿La incapacidad de olvidarlo sería otro legado de su fracasado matrimonio?

Pero él no tenía por qué saber eso, pensó. No tenía que saber nada sobre ella. Desafiante, Nicole se enfrentó con su mirada.

–Mis razones son cosa mía –respondió con frialdad–. No son asunto tuyo, Rocco.

Capítulo 3

DE MODO que aquello era Mónaco.

Nicole bajó del avión privado y miró a su alrededor, entornando los ojos tras las gafas de sol. A lo lejos podía ver el brillante azul del Mediterráneo y los elegantes yates que flotaban en el puerto.

Nunca había estado allí, pero sabía mucho sobre el principado situado al Sur de Francia, el hogar de algunas de las personas más ricas del mundo. Un sitio para el lujo, los excesos y el glamour. Y, al parecer, aquel sitio era ahora el hogar de Rocco.

Era extraño imaginárselo viviendo en aquel patio de juegos para millonarios cuando siempre había sido fieramente leal a los rústicos valores de su tierra. A él le gustaban los placeres sencillos, no los casinos o los restaurantes lujosos. Y, no por primera vez, se preguntó por qué se habría ido de Sicilia.

Se dirigió hacia la elegante limusina negra que la esperaba, alegrándose de haberle pedido unos días antes de tomar el avión. Le había dicho que debía encontrar a alguien que se encargase de la tienda y era cierto, pero también necesitaba tiempo para ordenar sus pensamientos y fortalecer su resolución de no hacer nada que pudiese lamentar más tarde. No podía dejar que el deseo nublase su buen juicio y durante el viaje se había convencido a sí misma de que todo iba a salir bien. Pero, cuando miró a su alrededor, esperando en vano ver la oscura cabeza de Rocco, y su cuerpo espectacular, se dio cuenta de que tenía el corazón acelerado. Y, si eso no era deseo, ¿qué era?

Un chófer uniformado le abrió la puerta de la limusina.

—Bienvenida a Montecarlo, señora Barberi —la saludó, con acento francés—. Desgraciadamente, su marido no ha podido venir a buscarla, pero me ha pedido que la acompañase.

Nicole abrió la boca para decir que prefería que la llamase señorita Watson, pero entonces recordó que estaba haciendo un papel. Nada de aquello era real. Ella no era una joven soltera e independiente forjándose una nueva vida. Supuestamente, debía ser una mujer que estaba luchando por salvar su matrimonio.

Suspirando, subió a la limusina y juntó las rodillas, intentando no pensar en lo desaliñados que parecían sus tejanos en contraste con el lujoso vehículo.

El asiento era muy blando y el aire acondicionado estaba encendido, pero no podía relajarse. Mientras recorrían las limpísimas calles de Montecarlo estaba tan tensa como si fuera a una entrevista de trabajo. Apenas había dormido desde que Rocco apareció en la tienda, poniendo su mundo patas arriba.

Durante esos dos años había guardado su recuerdo en un rincón oculto de su corazón, donde guardaba todos los recuerdos prohibidos. Y, de repente, se preguntaba cómo iba a fingir que estaba intentando salvar un matrimonio que nunca lo había sido en realidad. Cuando no eran nada más que dos extraños sin nada en común más que una tragedia en sus tempranas vidas.

Los dos eran huérfanos. Nicole había sido abandonada en las puertas de un hospital y los padres de Rocco habían muerto en un accidente de barco cuando él tenía catorce años. Nicole había pensado que ese lazo los uniría, pero Rocco se negaba a hablar del pasado. Cada vez que intentaba sacar el tema, él sacudía la cabeza diciendo que había ocurrido mucho tiempo atrás y que debería olvidarlo. Ella había sido adoptada y su abuelo y él habían hecho lo posible para criar a sus dos hermanos pequeños, asunto resuelto.

Nicole miró los elegantes escaparates de diseño, las joyerías. Era tan raro que Rocco viviera en un sitio así. Pero... ¿qué sabía sobre él en realidad? Rocco Barberi, un multimillonario que no se habría casado con ella si no se hubiese quedado embarazada, nunca le había abierto su corazón.

Seguía sin poderse creer cómo dos personas de tan diferentes clases sociales se habían convertido en amantes, algo que había provocado indignación en las elegantes oficinas de la empresa Barberi, donde Nicole había sido limpiadora y Rocco el gran jefe.

Aunque no era su intención ser limpiadora para siempre. Había conseguido una beca en una de las escuelas de Arte más prestigiosas de Londres cuando su madre adoptiva cayó enferma con una virulenta forma de cáncer. Empujada por el miedo y la devoción, Nicole había cuidado día y noche de Peggy Watson, la mujer que la había salvado, después de pasar por varias casas de acogida. No se imaginaba la vida sin ella, pero a pesar de sus plegarias Peggy murió y algo en su interior había muerto con ella.

El dolor le había impedido volver a tomar un pincel y mucho menos hacer algo que mereciese ser plasmado en papel. Ignorando los ruegos de sus profesores, había renunciado a la beca. De repente, se sentía vieja, como si no tuviese nada en común con los alegres estudiantes de arte que la rodeaban. ¿Cómo iba a mostrarse feliz cuando por dentro estaba entumecida? Lo único que quería era un trabajo en el que no tuviese que pensar y limpiar las oficinas de la empresa Barberi le había parecido la solución ideal.

Se había dicho a sí misma que solo necesitaba recuperar la confianza y ahorrar algo de dinero hasta que se sintiera con fuerzas para retomar las clases de Arte. Ese era el camino que pensaba seguir... hasta la noche que se encontró con el multimillonario siciliano que, contra todo pronóstico, estaba destinado a ser su marido.

Era el hombre más atractivo que había visto nunca, pero ella veía a Rocco como podía ver a una estrella de cine. Era fácil fantasear con él sabiendo que no estaba a su alcance... hasta una noche en la que chocaron literalmente, cuando iba por el pasillo de la oficina con la fregona y el cubo.

Estaban tan ensimismados mirándose que acabaron chocando. El cubo se volcó, mojando los elegantes pantalones y los zapatos hechos a mano.

–Ay, Dios mío, cuánto lo siento –se había disculpado Nicole, transfigurada por los ojos más azules que había visto nunca–. Lo siento, no miraba por dónde iba.

–Yo tampoco –había dicho él–. No te preocupes, no pasa nada.

Seguía mirándola fijamente, como si la conociera, o como si no se pudiese creer lo que estaba viendo. Y Nicole sentía exactamente lo mismo. Era virgen e ingenua con los hombres, pero no podía negar la poderosa atracción que parecía haberlos incapacitado temporalmente a los dos. No le había importado llevar el uniforme azul, ni que sus rizos se hubieran salido de la coleta, ni que el hombre que tenía delante fuese un famoso multimillonario. Sentía como si lo conociera, como si se hubieran conocido en otra vida o algo así.

Cuando lo analizó después, se dio cuenta de lo tonta que había sido. Se había sentido cautivada por un hombre increíblemente apuesto y poderoso. Era una conexión puramente física, o química. Una abominación que no debería haber llegado a ningún sitio, pero así había sido.

Al día siguiente estaba arrepentida, pero se sentía intensamente viva, como si hubiera despertado de un largo sueño. Por primera vez desde la muerte de su madre adoptiva volvió a tomar los pinceles para hacer un dibujo de Rocco en medio de un mar de agua jabonosa en el que flotaba un cubo. Y dos sencillas palabras en el dorso de la tarjeta: *Lo siento*.

Solo era una disculpa. No había esperado nada, pero Rocco le dijo que la tarjeta lo había hecho reír... y luego la invitó a cenar. Y tal vez ella solo quería experimentar un momento de alegría después de esos dos tristes años cuidando de su madre adoptiva.

Había sido la noche más maravillosa de su vida,

pero Rocco no la había tocado. Aunque ella quería desesperadamente que lo hiciese.

Cenaron juntos de nuevo una semana después, cuando Rocco volvió de un viaje a Milán, y mientras tomaban una copa le preguntó si había estado alguna vez en La Rueda del Milenio. Ella le dijo que no y Rocco insistió en que subieran a la gigantesca noria. Mientras daban vueltas sobre los imponentes monumentos de la ciudad, Nicole había tenido que aceptar que estaba completamente colada por su multimillonario jefe. Tanto que se encontró en su apartamento más tarde, con Rocco atravesando su himen con un rugido que era una mezcla de deseo e incredulidad.

Al parecer, la virginidad era muy importante para un hombre siciliano y Rocco le había hecho el amor durante horas. Habían seguido así durante varios días, robando momentos de felicidad en todas partes, incluso en la oficina. La tarde que hicieron el amor sobre su escritorio estaría grabada en su memoria para siempre. No sabía que el sexo pudiera ser tan adictivo y Rocco le había dicho que sentía lo mismo.

Pero entonces algo cambió.

Rocco había empezado a comprarle prendas de ropa interior cada vez más atrevidas. Nicole estaba dispuesta a obedecer sus órdenes, dictadas siempre en el tono más sexy, pero empezaba a desconfiar porque cuanto más escandalosas eran sus demandas, más parecía Rocco distanciarse de ella.

¿Su aquiescencia habría ayudado a destacar lo impropio de esa relación? Estaba a punto de decirle que la hacía sentir como un objeto cuando descubrió que no había tenido la regla ese mes. Y sus pechos hinchados le habían dicho lo que la prueba de embarazo había confirmado después: estaba esperando un hijo de Rocco Barberi.

Contárselo no había sido la versión romántica que ella había anhelado en secreto. Había querido darle la noticia de inmediato, pero él le había dicho que esperaba una llamada urgente y tal vez sería mejor verse en otra ocasión. Además, se iba de viaje a Estados Unidos y tardaría semanas en volver. Y fue entonces cuando Nicole se lo dijo, en la oficina, con la fregona y el cubo a sus pies.

—Rocco, estoy embarazada.

Nunca podría olvidar su gesto de sorpresa, seguido de una mirada de recelo.

—¿Estás segura?

—Del todo.

—Y es...

Rocco no terminó la frase, pero un escalofrío la recorrió de arriba abajo.

—¿Tuyo? —lo interrumpió, sintiéndose enferma—. ¿Eso es lo que ibas a preguntar?

—No, claro que no.

Nicole no lo había creído y se echó a llorar cuando «en broma» Rocco sugirió que tal vez ella había roto a propósito el preservativo para embaucarlo. Tal vez su angustia lo había hecho sentir culpable porque se levantó del sillón para abrazarla. La gratitud que experimentó cuando la tomó entre sus brazos y le dijo que se casaría con ella hizo que Nicole olvidase tan desagradable «broma». Que Rocco prometiese estar a su lado significaba mucho para una niña abandonada. Y, por supuesto, se había creído enamorada de él. Sin embargo, notó que organizaba los preparativos de la boda como si se viera forzado a hacer algo que no quería hacer.

Si hubiera sido una mujer independiente en lugar de una limpiadora sin un céntimo en el banco tal vez su reacción hubiera sido diferente. Tal vez habría intentado criar sola a su hijo.

No, pensó entonces. Aunque hubiera podido ser madre soltera, Rocco habría querido formar parte de la vida de su hijo. Desde su punto de vista, era «su hijo» y eso convertía a Nicole en «su posesión». Tenía algo que ver con ser siciliano y con ser un Barberi.

Su insólito matrimonio había despertado un gran interés en los medios de comunicación europeos, pero el cuento de Cenicienta era una mentira. Rocco solo se había casado con ella porque estaba embarazada, pero había sido incapaz de retener el bebé que tanto deseaba. Había fracasado.

A Nicole se le llenaron los ojos de lágrimas que apartó furiosamente con el dorso de la mano.

No iba a pensar en eso. No podía pensar en eso.

Pero le temblaban las manos mientras el poderoso coche se detenía frente a una casa de color rosa con una extraordinaria vista del puerto. Le parecía raro que Rocco viviese en un sitio como aquel cuando había crecido en una finca rodeada de olivares y viñedos en la maravillosa Sicilia rural.

La puerta principal se abrió inmediatamente, casi como si hubieran estado esperando su llegada. Pero no fue Rocco quien la recibió, sino una mujer joven con un elegante uniforme blanco y negro y los labios pintados de color coral.

—Bienvenida, *signora* —la saludó—. Soy Veronique, el ama de llaves. La ayudante del *signor* Barberi, Michèle, está esperando en el estudio. Venga conmigo, por favor.

Un poco desorientada por el tamaño del vestíbulo, Nicole se volvió para mirar el coche.

—Pero mi maleta...

—El chófer la subirá a su habitación. No se preocupe.

Nicole la siguió por un largo pasillo con suelo de mármol hasta una habitación con un enorme escritorio y una fila de relojes con diferentes zonas horarias colgados en la pared. Una rubia alta la esperaba allí, sus zapatos de tacón hacían juego con el vestido de color rosa, y Nicole se preguntó de cuántas mujeres guapas se rodeaba Rocco y si alguna de ellas trabajaría «horas extra».

Pero eso no era asunto suyo, pensó, intentando contener una punzada de celos. Si Rocco quería acostarse con sus empleadas era cosa suya.

La rubia dio un paso adelante para estrechar su mano.

—Hola, soy Michèle, la ayudante de Rocco. Encantada de conocerla, *signora* Barberi.

—Por favor, llámame Nicole.

La joven sonrió.

—Me temo que Rocco está ocupado en este momento —le dijo, haciendo un gesto de disculpa—. Su última reunión ha durado más de lo que esperaba y ahora mismo está hablando por teléfono, pero vendrá enseguida. Si quieres, yo puedo enseñarte la casa.

Sin saber si la ayudante de Rocco era consciente de que aquello era una farsa, Nicole intentó mostrar la apropiada curiosidad.

—Sí, te lo agradecería.

–¿Por qué no empezamos por la planta de abajo?

Nicole siguió a la atractiva ayudante por la lujosa casa. Las habitaciones tenían techos altísimos y muebles modernos, nada que ver con la casa de Rocco de Sicilia. Allí no había muebles de madera oscura, antigüedades o serios retratos. Todo parecía nuevo y radiante. Le gustaba porque no tenía historia, como ella.

Después de admirar la bien provista biblioteca y el imponente gimnasio, Nicole miró con anhelo la piscina de horizonte infinito frente al Mediterráneo. Había seis dormitorios en total. El más grande era, evidentemente, el de Rocco y le dio un vuelco el corazón al ver la maleta en medio de la habitación.

–Y este es el dormitorio principal –estaba diciendo Michèle–. Si necesitas algo, no dudes en decírmelo. Vendrán a buscaros a las ocho, así que tienes tiempo para aclimatarte. ¿Quieres deshacer la maleta? Rocco ha dejado sitio para tus cosas y me imagino que querrás colgar tus vestidos –Michèle miró diplomáticamente la vieja maleta mientras señalaba el vestidor.

Nicole no tenía intención de poner sus cosas al lado de las de Rocco y de ningún modo dormiría allí. Podía respirar ese embriagador aroma que era todo suyo, una sutil mezcla de sándalo y bergamota, y sentir su presencia en la novela que había sobre la mesilla, seguramente abierta en la misma página que cuando la compró, y en los gemelos de oro y lapislázuli sobre la cómoda...

La intimidad de estar en su dormitorio le producía una mezcla de emociones que empezaba a marearla.

–Ven, he reservado lo mejor para el final –dijo Michèle mientras la llevaba a la terraza.

Y no había exagerado. La vista era sencillamente espectacular, de las que solo podían comprarse con muchísimo dinero, pero su primer pensamiento fue que le gustaría recrear esos colores con arcilla: el profundo azul del mar, el cielo de un tono más pálido. Le encantaría hacer una colección de cerámica con esos diferentes tonos de azul y tal vez un toque de verde y gris de las lejanas montañas.

Era espléndido, impresionante, casi irreal. Ella se sentía irreal. Pero ¿no se había sentido siempre fuera de lugar en el opulento mundo que había dejado atrás?

—¿Te apetece un refresco, un té? —le preguntó Michèle—. También tenemos champán, si lo prefieres.

—No, solo un vaso de agua. Gracias.

—Le pediré a Veronique que lo traiga.

Cuando Michèle la dejó sola, Nicole se apoyó en la barandilla y miró el mar, pensando en la niña que había sido una vez, en la intrusa que había ido de casa en casa hasta que Peggy Watson la adoptó.

¿Podía esa niña huérfana haberse imaginado estar en un sitio como aquel, a punto de romper su matrimonio con un multimillonario siciliano?

A pesar de todo, sintió una punzada de pena por no haber podido salvarlo. Tal vez podría haber hecho algo, tal vez su propio dolor había alejado a Rocco. Quizá ahora sería capaz de enfrentarse a ello de un modo diferente.

«Pero no puedes volver al pasado. Es demasiado tarde para hacer nada. Todo ha terminado».

—Una vista preciosa, ¿verdad?

Nicole se dio la vuelta, con el corazón acelerado, porque Rocco se dirigía hacia ella con un vaso en la mano mientras el sol creaba reflejos azulados en su pelo negro.

—Maravillosa —respondió, sin aliento.

—Eso es Cap Ferrat —le explicó él–. Y lo que ves a lo lejos es Italia —agregó, ofreciéndole el vaso–. Creo que le has dicho a Michèle que querías agua.

A Nicole se le había acelerado el corazón y, de repente, no era capaz de pensar con claridad. En realidad, nunca podía hacerlo cuando él estaba tan cerca. Su cuerpo reaccionaba de un modo que no podía controlar y, por un segundo, deseó echarle los brazos al cuello, derretirse sobre su poderoso torso mientras él la acariciaba de ese modo que siempre la hacía temblar de gozo...

Hasta que recordó que era Rocco, un hombre despiadado a quien ella le importaba un bledo; un hombre que había pisoteado sus sentimientos y la había llevado allí solo para consumar sus ambiciones.

—Gracias —murmuró, tomando el vaso.

—De nada —dijo él, con un brillo burlón en los ojos azules–. ¿Ya te has instalado?

—Es más fácil decirlo que hacerlo. Este sitio es tan grande... me recuerda a las mansiones de Londres. Si tu adquisición fracasa siempre podrías cobrar la entrada para ganar algo de dinero extra.

—Una sugerencia novedosa —murmuró él.

—Llevo un par de años con mi tienda y no se me da mal dirigir un pequeño negocio.

Rocco sonrió, a regañadientes. Había olvidado que sus ideas irreverentes sobre el mundo de los negocios, su mundo, siempre lo hacían reír. Como había olvidado lo fresca y vibrante que era. Comparada con el falso glamour de la mayoría de las mujeres que él conocía, su belleza natural era irresistible y el repentino y poderoso latido de su entrepierna era una indicación de cómo respondía su cuerpo ante esa belleza.

—¿Michèle te ha dicho dónde está todo?

—Sí, claro —respondió ella, tomando un sorbo de agua antes de dejar el vaso sobre la mesa—. Pero pensé que irías al aeropuerto a buscarme.

—¿Te llevaste una decepción?

Nicole se encogió de hombros.

—Pensé que, después de haber insistido tanto en que viniera, podrías haber hecho el esfuerzo de ir a buscarme. Se supone que eres un amante esposo dispuesto a salvar su matrimonio, ¿no?

—Pensaba ir a buscarte, pero recibí una llamada urgente.

Sus rizos brillaban bajo la luz del sol y, de repente, Rocco se encontró deseando enredar los dedos en ellos como solía hacer.

—¿Y no se te ocurrió postergar la llamada en lugar de dejarme en manos de tu ayudante que, evidentemente, no sabe qué hacer conmigo?

—Era una llamada muy urgente, Nicole.

—Siempre tienes algo urgente que hacer. El trabajo está por encima de todo.

Rocco enarcó las cejas.

—¿Crees que la empresa Barberi se lleva sola?

—No, no creo eso, pero sí creo que el trabajo puede convertirse en una adicción y un sustituto.

—¿Un sustituto de qué?

—Dímelo tú. ¿Cuándo fue la última vez que te tomaste unas vacaciones?

–Ya sabes que yo no me tomo vacaciones –Rocco frunció el ceño–. Además, ¿qué más da quién te enseñe la casa?

Ese era el problema, pensó Nicole. Rocco no lo entendía. No se daba cuenta de que trataba a la gente como si fueran meros accesorios. ¿Y no era hora de que alguien se lo dijera?

Nicole se apartó el pelo de la cara. Sabía que podría parecer el cliché de la esposa criticona, pero había cosas que nunca se había atrevido a decirle cuando estaban juntos y ya no tenía nada que perder.

–¿No se te ha ocurrido que yo podría sentirme incómoda cuando tu ayudante pensó que íbamos a compartir dormitorio?

–Se supone que queremos darle otra oportunidad a nuestro matrimonio y, naturalmente, para eso tenemos que compartir dormitorio.

Ella negó con la cabeza.

–Ahí es donde te equivocas. Solo es un juego, Rocco, una farsa. Eso es lo que tú dijiste.

Solo era una farsa, sí, pensó Rocco, pero en ese momento le resultaba difícil recordarlo. Nicole era más decidida que antes y esa desacostumbrada muestra de carácter le aceleraba el pulso. Pensó entonces en otras mujeres con las que había salido antes de su matrimonio; mujeres clásicas, elegantes, que llevaban ropa de diseño en lugar de tejanos, y sutiles diamantes en las orejas, no grandes aros de plata colgando entre los rizos.

Sin embargo, era Nicole quien más lo había excitado. Y seguía siendo así. Nicole era quien le aceleraba el corazón, quien lo hacía sentir como si volviese a tener dieciséis años. Recordó entonces sus gemidos, los espasmos de su cuerpo cuando hacían el amor, y el latido de su erección se volvió insoportable.

Intentó controlarse, algo que se había visto obligado a hacer desde los catorce años, cuando tuvo que hacerse adulto de la mañana a la noche, pero por una vez le resultaba imposible. ¿Sentiría Nicole esa atracción casi tangible entre ellos? El brillo de sus ojos le decía que estaba tan afectada como él.

—Puede que solo sea un juego, pero debemos hacer que sea lo más convincente posible, ¿no te parece?

—No voy a compartir dormitorio contigo —replicó ella—. Y me da igual lo que piensen tus empleados. Ya que la lealtad es algo que siempre has exigido, me imagino que todos ellos te serán leales.

—¿Y tú fuiste leal, Nicole? —le preguntó Rocco entonces.

Esa pregunta la tomó por sorpresa.

—Sí, lo fui, del todo. Más de lo que te puedas imaginar —Nicole torció el gesto—. No sabes la cantidad de ofertas que recibí para contar mi historia.

Rocco se apoyó en la barandilla, estudiándola.

—¿Qué tipo de ofertas?

—Ya sabes, revistas, periódicos. Los periodistas me perseguían a todas horas. Se preguntaban por qué la esposa de Rocco Barberi vivía una existencia tan sencilla cuando había estado casada con uno de los hombres más ricos del mundo. Por qué trabajaba en una tiendecita en lugar de vivir en un lujoso apartamento gastando tu dinero. ¿No es por eso por lo que la gente compra revistas de cotilleo? El matrimonio de cuento de hadas que tuvo tan abrupto final era interesante para ellos.

–¿Pero no hablaste con ninguno?

–No, claro que no –respondió Nicole, frustrada. ¿Cómo podía preguntarle eso? El dolor de perder a su hijo había sido reemplazado por una sensación de vacío tras el fracaso de su matrimonio. Se habían alejado tanto el uno del otro que no quedaba nada entre ellos y se había limitado a dejar pasar los días, sabiendo que debía empezar de nuevo.

Sicilia no había sido más que un corto interludio y necesitaba volver a Inglaterra, pero no había sido fácil. Se sentía como un barquito en medio del océano, sin saber qué dirección iba a tomar su vida. Unos meses antes era limpiadora y luego la esposa de un multimillonario. Unas semanas antes, una mujer a punto de ser madre y, de repente... nada. Nicole tragó saliva. De ningún modo habría querido revivir ese dolor y verlo todo impreso en papel.

–¿De verdad pensabas que hablaría con algún periodista?

Rocco se encogió de hombros.

–La recompensa económica habría tentado a mucha gente.

–Pero yo no soy como todo el mundo, Rocco. ¿Cuándo vas a aceptar que nunca estuve interesada en tu dinero? No fue eso lo que me atrajo de ti y nadie echa de menos lo que no ha tenido nunca.

–¿Por eso te fuiste sin llevarte nada?

Nicole vaciló. Tal vez eso era lo único que le importaba porque para Rocco todo el mundo tenía un precio. Le había hablado de mujeres hechizadas por la fortuna de los Barberi y de los hombres que intentaban entablar amistad con él cuando descubrían quién era. En realidad, no confiaba en nadie.

Era mucho más fácil creer que todo el mundo tenía intenciones ocultas porque eso le daba una razón legítima para mantenerse a distancia. Se preguntó entonces lo sincera que podía ser con él... aunque era una pérdida de tiempo intentar ocultarle la verdad ahora, en esos últimos días de su relación. Porque daba igual. Fuera lo que fuera lo que quería Rocco, no era a ella.

—No me llevé nada porque quería cortar todos los lazos que había entre nosotros. De hecho, no quería volver a verte en toda mi vida.

Lo miraba a los ojos con gesto retador y Rocco se quedó inmóvil. ¿Cómo se atrevía a ser tan despreciativa? Era un insulto a su orgullo, sí, pero había algo más. Algo que lo hacía desear replicar a tan evidente rechazo.

Pero no había necesidad de pelearse cuando había otras formas de desahogar su frustración y demostrarle que había cometido un gran error; unas formas de desahogarse que habían estado en su mente durante todo el día, toda la semana, desde que entró en la tiendecita de Cornualles. Y, a pesar de haberse jurado a sí mismo que no iba a pasar nada, se encontró dando un paso hacia ella.

—Así que no querías volver a verme —dijo con tono aterciopelado—. Y, sin embargo, aquí estás.

Ella seguía mirándolo con gesto desafiante.

—Y puedo irme cuando quiera —le recordó—. Con divorcio o sin divorcio. O aceptas que no vamos a compartir dormitorio o me iré. No estoy interesada en ti, Rocco.

—¿Estás diciendo que no tienes interés en acostarte conmigo?

—Eso es exactamente lo que estoy diciendo.

Sin pensar, espoleado por el rechazo, Rocco la tomó entre sus brazos. Vio que sus pupilas se dilataban y notó que sus generosas curvas se volvían maleables.

—Entonces, tal vez sería buena idea ponerte a prueba, mi desafiante esposa —murmuró mientras inclinaba la cabeza para buscar sus labios.

Capítulo 4

IBA A BESARLA y Nicole sabía que debería detenerlo, pero se sentía empujada por un ansia más profunda que preservar su cordura o su orgullo. Un ansia que se apoderó de ella con la velocidad de un incendio en el monte.

Cuando Rocco inclinó la cabeza, el pasado y el presente se mezclaron por un momento y se olvidó de todo salvo del urgente deseo de su cuerpo. Su marido siempre había sido capaz de hacer eso, cautivarla con el más ligero roce y embriagarla con esa mirada llena de ardientes promesas. Muchas noches desde que se separaron se despertaba anhelando el calor de sus labios una vez más... y allí estaba.

Una vez más.

Abrió la boca y, cuando Rocco aprovechó la oportunidad para aplastar sus labios, de inmediato se sintió impotente, atrapada en el ardid de una maestría sexual que la hacía olvidar todo lo demás. Pero, a pesar de sí misma, dejó escapar un gemido de placer porque había pasado tanto tiempo desde la última vez. Había olvidado cómo era besarlo porque los besos habían sido la primera víctima de su fracasado matrimonio. Habían dejado de besarse y después de eso fueron incapaces de tirar la barrera de hielo que se había creado entre los dos.

Nicole se había sentido como una estatua desde que se separaron, como si estuviera hecha de mármol. Como si su carne y su sangre fueran un sueño olvidado. Lentamente, pero con precisión, había aniquilado su sensual naturaleza hasta convencerse a sí misma de que estaba muerta por dentro. Pero allí estaba Rocco para despertar su dormida sexualidad con un simple beso. No deseaba aquello y sabía que era un error, pero...

Lo deseaba a él.

Abrió los labios y dejó que introdujese la lengua en su boca, dándole permiso para esa caricia que preparaba el camino para otra, más íntima aún. Se estremeció cuando él empezó a explorarla con las manos, redescubriendo su cuerpo con impaciencia, como si fuese la primera vez que la tocaba. Rozó sus pechos con un dedo, masajeando los hinchados contornos con las palmas de las manos hasta que sus pezones se levantaron en un exquisito estado de excitación. Instintivamente, se apretó contra él y sintió el duro roce de su deseo.

Sus gemidos se mezclaban con los de Rocco mientras la besaba, estrechándola entre sus brazos con ansia.

—Nicole —dijo con voz ronca. Y nunca había pronunciado su nombre de ese modo.

Le echó los brazos al cuello cuando Rocco empujó sus caderas hacia delante en una innegable invitación. Podía oír la vocecita de la razón implorándole que recuperase el control de la situación, urgiéndole a parar antes de que fuese demasiado tarde. Pero necesitaba estar cerca de él y la poderosa oleada de pasión ahogó esa vocecita.

Se echó hacia atrás para llevar oxígeno a sus pulmones y la expresión de Rocco la dejó sorprendida. Porque nunca lo había visto así. Sus facciones eran una tensa máscara, los ojos oscurecidos de deseo, el brillo de zafiro casi oculto por las dilatadas pupilas y dos líneas de color sobre los pómulos, en contraste con su piel morena.

–Bueno, *cara* –murmuró, empujando su erección hacia ella–. ¿Esto es lo que has echado de menos?

Nicole tragó saliva. Debería decirle que no fuese tan arrogante. Debería decirle muchas cosas, pero no era capaz de formar una frase coherente porque él estaba pasando un dedo por su vientre y la barrera de la fina camisa hacía que el roce fuese doblemente provocativo. De modo que, en lugar de decirle que parase, se encontró susurrando:

–Sí.

Él dejó escapar un gruñido de satisfacción mientras metía las manos bajo la camisa para acariciar sus pechos, hinchados bajo el sujetador. Estaba tan cerca de su piel, pensó, frustrada. Y, sin embargo, tan lejos. Tenía la boca seca cuando empezó a hacer círculos sobre un pezón con la yema del pulgar y cerró los ojos al sentir que se levantaba bajo el encaje del sujetador. ¿Cómo podía un simple roce ser tan increíble?

Riéndose, Rocco bajó la mano hacia la cinturilla de los tejanos y Nicole contuvo el aliento. ¿Se atrevería a seguir adelante? No debería permitir aquello. Sabía que debería romper el hechizo que la tenía inmovilizada, pero era incapaz de hacerlo. Oyó el ruido de una cremallera y contuvo el aliento, rezando para que siguiera aunque sabía que debería pararlo.

Rocco metió una mano por el tejano abierto y deslizó un dedo sobre la suave superficie de su vientre.

–¿Prefieres que haga otra cosa? –murmuró–. En ese caso, será mejor que me lo digas porque, aunque he adquirido algunas habilidades con las mujeres, me temo que leer el pensamiento no es una de ellas.

Nicole estaba tan excitada en ese momento que la idea de parar aquella locura le parecía impensable. Sin embargo, también la enfurecía.

¿Cómo se atrevía a hablar de otras mujeres en ese momento? ¿Pensaba que no le importaría?

Dejando escapar un grito de rabia, lo besó con fuerza y sintió que él sonreía porque para entonces estaba metiendo los dedos dentro de sus bragas.

¿Y la lava ardiente que encontró no era una traición, una clara demostración de cuánto seguía deseándolo, por mucho que quisiera contenerse? Pero no podía hacerlo y echó la cabeza hacia atrás cuando empezó a hacer círculos sobre su clítoris con la yema de un dedo.

–Como en los viejos tiempos –dijo Rocco en voz baja, mientras sus rítmicas caricias la hacían temblar de forma incontrolable–. Tan húmeda, tan ardiente. Creo que será mejor que hagamos algo al respecto, ¿no, *cara*?

Ella abrió la boca para decirle que estaba equivocado, pero su deseo era tan poderoso que no podía hablar. Y aunque fuese capaz de hacerlo, ¿qué podría decir?

«Deja de hacer lo que estás haciendo porque está mal. Me hace sentir débil y vulnerable y había jurado no volver a sentirme así».

Pero en aquel momento todo eso le daba igual. Lo único que le importaba era cómo la hacía sentir, de modo que permaneció en silencio mientras el placer empezaba a crecer, tan dulce y familiar hasta que, en la cima del ansia, se encontró deseando susurrar su nombre una y otra vez, como un mantra. Estaba a punto de dejarse ir cuando el repentino recuerdo de sus burlonas palabras rompió el mágico hechizo.

«Como en los viejos tiempos», había dicho.

Pero no era así. No era como en los viejos tiempos, cuando pensó ingenuamente que, si se esforzaban, entre ellos podría haber un vínculo más profundo.

No eran los amantes desventurados que se había imaginado y tampoco los recién casados que no sabían comunicarse. El pasado había quedado atrás y aquello no era lo que quería para su futuro.

Haciendo acopio de fuerzas, Nicole agarró la muñeca de Rocco, deteniendo el dedo que acariciaba con precisión el hinchado capullo entre sus pliegues. Y, aunque su cuerpo le gritaba que siguiera, bloqueó esas objeciones. Porque se había esforzado como nunca para rehacer su vida y tal vez no tenía mucho, pero era todo suyo.

Estaba empezando a establecerse como la artista que siempre había querido ser antes de que Rocco la cautivase. Incluso había empezado a convencerse a sí misma de que algún día lo olvidaría.

¿Estaba dispuesta a arriesgar todo eso, incluso su amor propio, solo porque la poderosa sexualidad de Rocco Barberi hubiese reactivado sus hormonas?

Con el corazón acelerado, tiró de su mano y dio un paso atrás para darle la espalda. Le ardía la cara mientras metía los faldones de la camisa en los tejanos, con la cadenita de plata que llevaba al cuello tintineando en su prisa por arreglarse.

Lentamente, volvió a la realidad, parpadeando al darse cuenta de que habían estado metiéndose mano en la terraza. Tal vez alguien había estado observándolos desde alguno de los yates amarrados en el puerto. O algún paparazi haciendo fotos.

Temblando de remordimientos, se volvió hacia él.

—¿Cómo te atreves? —le espetó.

Rocco se encogió de hombros.

—¿No es un poco tarde para mostrarte indignada? Parece que te gustan los juegos de adolescentes.

—¡Yo no estaba jugando a nada!

—¿Dejarme llegar hasta un punto para apartarte luego no te parece un juego de adolescentes? —Rocco enarcó una ceja.

—En estas circunstancias, no. Me has hecho sentir... como un objeto.

—Te he hecho sentir placer —la corrigió él—. ¿Qué hay de malo en eso?

Ella negó con la cabeza.

—Y ahora me insultas haciendo esa estúpida pregunta. El sexo contigo complicaría una situación de por sí complicada y esa no es la razón por la que estoy aquí.

—Pero me deseabas —dijo él en voz baja, mirando los pechos que subían y bajaban bajo la camisa—. Y sigues deseándome. Tu cuerpo te pide que vuelva a tocarte. No puedes negarlo, Nicole.

Ella se mordió los labios. Le enfurecía que pareciese tan tranquilo cuando ella estaba sofocada. Si negaba la acusación, Rocco podría llamarla hipócrita. Pero no tenía por qué darle explicaciones, pensó entonces. Podía darse la vuelta y dejarlo con un palmo de narices, pero esa no sería una respuesta muy madura.

¿No era ese uno de los beneficios de hacerse mayor, que se ha aprendido de los golpes de la vida? Aprendías que lo que no te mata te hace más fuerte, aunque en ese momento solo quisieras hacerte un ovillo.

Nicole se pasó las manos por los rizos en un vano intento de controlarlos.

—Pues claro que te deseo. O, más bien, mi cuerpo te desea. Eres un hombre muy carismático. Me imagino que te lo habrán dicho muchas mujeres.

—Tú siempre fuiste mi más ruidosa defensora —le recordó él.

—Lo sé, pero entonces era joven. Y no creo que ayude nada hablar del pasado. Solo éramos dos personas intentando cumplir con nuestro deber, pero no salió bien.

Y empezaba a darse cuenta de que estar a su lado reforzaba los sentimientos que se había esforzado por reprimir; peligrosos sentimientos de amor y de anhelo que habían sido inútiles entonces y seguían siéndolo en ese momento.

Él la miró, pensativo.

—Pero eso no debería detenernos ahora. Esto es lo que ambos queremos, ¿no?

Nicole negó con la cabeza, intentando controlar la oleada de deseo que provocaba su aterciopelada voz.

—Tenemos que parar, Rocco.

—¿Te importaría explicarme por qué?

–Porque sería un error. Estoy segura de que invalidaría los dos años de separación y tardaría más en conseguir el divorcio.

–Ah, sí, tu precioso divorcio.

–Mi libertad. Y la tuya también.

Él esbozó una sonrisa burlona.

–Al menos has respondido a una de mis preguntas.

–¿Qué pregunta?

–En Inglaterra te pregunté si había otro hombre en tu vida y tú no quisiste responder, pero ahora apostaría mi fortuna a que ese hombre no existe.

–Pensaba que leer el pensamiento no era una de tus habilidades.

–No lo es, y no me hace falta. Está escrito en tu cara, Nicole.

–¿Qué quieres decir?

–Me deseas –respondió él–. Me deseas más que ninguna otra mujer, pero has podido apartarte en el último momento. Qué fuerza de voluntad –Rocco se rio suavemente–. Admiro esa cualidad, aunque yo sea la víctima.

Ella lo miró, interrogante. ¿Estaba ensalzándola para seducirla? Se preguntó entonces a cuántas mujeres habría seducido allí, todas con la ropa arrugada y el corazón acelerado mientras iban a la cama del multimillonario siciliano.

Bueno, pues ella no iba a ser una más.

–No tenemos nada más que hablar –anunció–. Tengo que buscar un dormitorio porque la nuestra es una reconciliación fingida. No vamos a compartir dormitorio y no vamos a besarnos.

Rocco se dio cuenta de que hablaba en serio. Si

fuese otra mujer habría intentado persuadirla con un beso que no pudiese interrumpir... porque si Rocco Barberi quería algo, o a alguien, siempre lo conseguía. Pero su decidida expresión era nueva y, de repente, se dio cuenta de que no conocía en absoluto a Nicole.

Cuando fue a verla a Inglaterra no era su intención acostarse con ella. Había ido a Cornualles para castigarla y utilizarla, no para hacerle el amor. Sin embargo, algo lo había hecho cambiar de opinión. El beso había empezado como un reto, una demostración de su poder, pero su reacción lo había excitado como nunca.

Y, sin embargo, Nicole se había apartado.

Estaba decidido a tenerla por última vez y nada iba a detenerlo, pero en aquella ocasión iba a tener que esforzarse. Tal vez debería darle tiempo para que se diera cuenta de que lo echaba de menos. ¿Cuánto tardaría en decidir que negarse su deseo por él era imposible? ¿Cuánto tardaría en volver a caer en sus brazos?

Rocco asintió con la cabeza, esbozando una fría sonrisa.

—Si eso es lo que quieres, de acuerdo. Puedes dormir donde te parezca, hay muchos dormitorios —murmuró, disfrutando al ver el brillo de confusión que nublaba los ojos verdes—. Pero arréglate para la cena de esta noche. El coche vendrá a buscarnos antes de las ocho —agregó, mirando los rebeldes rizos oscuros y los collares de cuentas—. Me imagino que habrás traído algo más adecuado para esta noche.

—¿Crees que voy a ir a un evento en tejanos?

–No tengo ni idea. Te dije que estaba dispuesto a comprarte ropa para este viaje, pero rechazaste la oferta.

–Porque eso ya lo hemos probado antes y no funcionó. Estabas tan decidido a convertirme en lo que tú pensabas que debía ser la esposa de un Barberi que me sentía como si fuera una muñeca.

Rocco frunció el ceño.

–Solo quería que encajases en mi vida.

–¿Con esos horribles vestidos que no me pegaban nada? ¿O contratando al peluquero que se empeñó en cortarme el pelo y me dejó como un león esquilado?

–Eso fue un error –admitió él.

Su expresión triste despertó algo en él, recordándole qué lo había atraído de ella cuando la conoció. Bueno, eso y el cuerpazo que tenía.

–Pues no habrá más errores. Esta noche llevaré el pelo y la ropa que a mí me gusta –dijo Nicole–. Y no te preocupes, no voy a abochornarte.

–¿Ah, no?

–Mi aspecto poco convencional reforzará la razón por la que nuestro intento de reconciliación no ha llegado a buen puerto.

–¿Qué quieres decir?

–Si nos ven juntos y piensan: «no pegan nada» se preguntarán por qué nos casamos. Porque, aunque los opuestos se atraen, también pueden repelerse. Los dos sabemos que es así.

Después de decir eso, Nicole se dio la vuelta y salió de la terraza con un meneo de caderas que a Rocco le pareció insoportablemente provocador.

Pero el eco de sus palabras lo dejó también con

cierta inquietud. ¿Estaban mejor separados?, se preguntó. No, en ese momento no. Rocco se pasó la yema del dedo sobre el labio inferior y respiró el aroma de su sexo. Debería estar en la cama, entre sus piernas, perdiéndose en el dulce olvido, no plantado allí, ardiendo de frustrado deseo.

Había experimentado una oleada de primitiva satisfacción al saber que estaba de vuelta en su casa, en el matrimonio al que había renunciado. Ninguna mujer lo había abandonado, pero Nicole lo había hecho dejando una nota sobre la cama.

Por favor, no me sigas, no intentes ponerte en contacto conmigo. Es mejor así, Rocco. Lo siento.

Y eso había sido todo, unas cuantas frases que marcaban el final de su matrimonio. Había sido una sorpresa que no supo afrontar. Tal vez la única vez en su vida.

Recordaba haber arrugado la nota, encolerizado, y luego había hecho algo completamente extraño en él: emborracharse. Él, que nunca había sido bebedor. Recordaba haber ido al bar del pueblo y golpear la barra con el puño en un gesto de ira. Los parroquianos, alarmados al verlo así, debieron de llamar a su mejor amigo porque recordaba vagamente a Salvatore diciendo que las mujeres eran criaturas caprichosas y que Nicole volvería en cualquier momento.

Pero no había vuelto y Rocco se había dicho a sí mismo que no quería que volviese.

¿Por qué iba a querer a una mujer que lo había abandonado, que se había rendido ante el primer obstáculo? Sin embargo, su sentido del deber era profundo y su tenacidad aún mayor. No aceptaba el fracaso y un matrimonio roto entraba en esa categoría. De modo que le había escrito, recordándole sus promesas matrimoniales y sugiriendo que volviesen a intentarlo.

Nicole no se había molestado en responder y Rocco se había preparado para recibir exigencias económicas. Había anticipado una batalla legal de la que él saldría victorioso y estaba decidido a hundirla en los tribunales.

Ese fue el primer momento de gozo que había experimentado en mucho tiempo. Si Nicole quería su dinero, iba a tener que luchar por él.

Pero no hubo respuesta. Nada. *Niente.*

No había exigido una pensión alimenticia y, dos años después, su abogado le había enviado la solicitud de divorcio. Nicole no había pedido nada y eso había acrecentado su ira.

Apretó los labios mientras se desnudaba para entrar en la ducha, pero el poderoso chorro de agua fría no consiguió relajar su dolorido cuerpo o borrar la imagen de Nicole en la terraza, con sus rosados labios entreabiertos mientras él la llevaba al borde del orgasmo con los dedos.

La tendría, se juró a sí mismo, mientras intentaba controlar una rebelde erección. Porque acostarse con ella sería lo único que lo libraría de su recuerdo.

Y no esperaría mucho más.

Capítulo 5

¿CÓMO estoy? ¿Mi aspecto confirma tus temores o he pasado la prueba?

Nicole intentó bromear mientras entraba en el salón donde Rocco esperaba mirando el mar por la ventana. No iba a flagelarse al recordar lo que había estado a punto de pasar unas horas antes. No había esperado que pasase porque creía que ya no podía sentir nada por Rocco, pero no era así.

Él había derretido la barrera de hielo que la había rodeado durante esos dos años y, con ella, la idea de que ya no podía sentir deseo. Con el corazón acelerado, lo había dejado plantado en la terraza para buscar un dormitorio y, una vez instalada, se tumbó en la cama pero durante largo rato, temblando de frustrado deseo, incapaz de olvidar lo que había pasado. Incapaz de olvidar a Rocco.

Lo miró en ese momento, haciéndose la fuerte, deseando que no la afectase tanto. Con un impecable esmoquin, su poderoso cuerpo a contraluz, Rocco se volvió al oír su voz.

Y, aunque intentó disimular, su mirada de admiración la llenó de placer. La había mirado así muchas veces cuando estaba desnuda, pero no llevando un vestido largo que, aparte del escote y los brazos, la cubría hasta los tobillos. De punto negro, se pegaba a sus curvas como una segunda piel y lo había conjuntado con unos zapatos negros de tacón y un bolso negro con lentejuelas verdes, a juego con un collar y unos pendientes que brillaban cada vez que movía la cabeza.

Él la miró de arriba abajo.

—¿Qué ha pasado, has robado un banco?

Nicole frunció el ceño.

—¿Qué quieres decir?

—Me refiero a las joyas.

—Son falsas, Rocco. No importa que se caiga alguna piedra. No me llevaré un disgusto como aquella vez, cuando se cayó un diamante de la pulsera que me regalaste el día de nuestra boda.

Empezaba a ponerse nerviosa porque él la miraba como un león a punto de saltar sobre su presa para devorarla. Y lo peor era que le gustaba que la mirase así. En su estado de frustrada excitación podría haber dejado que la mirase de ese modo durante todo el día.

—En fin, al menos estaba asegurada y recuperaste tu dinero...

—¿Por eso dejaste atrás todas las joyas que te regalé? —la interrumpió él.

—No eran mías, Rocco. Y yo quería...

—¿Que querías, Nicole?

Ella lo miró a los ojos, incómoda ante el interrogatorio porque nunca antes le había hecho esas preguntas.

—Un corte limpio, creo que se llama.

—Un corte limpio —repitió él, esbozando una amarga

sonrisa–. Sí, claro. El moderno matrimonio de usar y tirar. Si te esfuerzas, incluso podrías convencerte a ti misma de que nunca estuvimos casados.

Nicole abrió la boca para preguntarle qué había hecho él para salvar su matrimonio, pero decidió callarse. Daba igual lo que hubieran hecho o dejado de hacer. La cuestión era que habían fracasado.

–¿Por qué quieres hablar de eso ahora? Pensé que la idea era aparecer juntos esta noche como una pareja que intenta reconciliarse y si estamos peleados no convenceremos a nadie. ¿Por qué no me cuentas qué vamos a hacer en esa cena?

Rocco se quedó en silencio un momento. Nicole estaba tan guapa que lo único que quería era tomarla entre sus brazos, pero tal vez tenía razón. ¿De qué servía pelearse cuando su intención era seducirla? Y cuando la hubiese seducido... la rabia y el resentimiento desaparecerían como por arte de magia. Disfrutaría de su exquisito cuerpo una última vez, le daría más placer que nunca.

Y Nicole lo recordaría durante el resto de su vida.

–Algunos de los mayores accionistas de la empresa farmacéutica que intento comprar están en Montecarlo –le explicó por fin–. Han financiado una película que parece que va a ser un éxito comercial.

Nicole parpadeó.

–¿Invierten en farmacéuticas y en el cine?

–¿Por qué no? Les gusta ampliar sus inversiones, así es como se gana dinero.

–¿Y qué debo hacer yo?

–Acompañarme al estreno y luego a la cena con los protagonistas de la película, que están en Montecarlo para promocionarla. Lo único que tienes que hacer es mirarme con cara de adoración, como una joven esposa dispuesta a volver con su marido. ¿Crees que podrás hacerlo?

Nicole se preguntó qué diría si supiera la verdad, que tras ese aire despreocupado sus sentidos estaban ardiendo, que cada vez que la miraba se derretía. Clavó las uñas en las lentejuelas del bolso. No debía saberlo porque si lo supiera volvería a tocarla. Y ella quería que lo hiciese, pero era demasiado peligroso porque podría no ser capaz de resistirse.

—Creo que podré mantener la fachada de amante esposa durante unas horas, mientras volvamos antes de medianoche —le dijo, en tono de broma—. Espera un momento, voy a buscar un chal.

Pero la sensación de irrealidad volvió mientras subían al coche. Intentó conversar sobre cosas banales, pero intuía que era transparente para Rocco. ¿Sabría que tenía que hacer un esfuerzo para no acariciar el duro muslo masculino o pasar los dedos por el ébano de su pelo? ¿Podría adivinar que estaba fantaseando con verlo pulsar el botón que subía la pantalla que los separaba del conductor antes de tumbarla sobre el asiento para bajarle las bragas?

Su frente se cubrió de sudor cuando se lo imaginó explorando su ardiente piel con la lengua y fue un alivio cuando por fin llegaron a su destino.

El sitio donde tendría lugar el estreno era elegante y suntuoso, lleno de limusinas y mujeres enjoyadas. Seguía asombrándole que hubiera elegido aquel sitio para vivir porque el Rocco que ella conoció una vez habría hecho un gesto de desprecio ante tal despliegue de lujo. Los destellos de las cámaras los seguían mientras recorrían la alfombra roja y él puso una mano en el hueco de su espalda, haciéndola temblar a pesar del calor de la noche.

Las luces se apagaron y la enorme pantalla se iluminó. A Nicole no le interesaba la película, aunque a todos los demás parecía encantarles. Nunca le habían gustado las películas en blanco y negro y, además, estaba distraída por lo que pasaba en la oscuridad. Notó que la actriz estadounidense protagonista, sentada al otro lado de Rocco, pasaba mucho tiempo hablándole al oído. Anna Rivers estaba divina con una cascada de diamantes en el cuello... y un corpulento guardia de seguridad que no se apartaba de su lado. La bella actriz flirteaba descaradamente con su marido y eso no le gustaba nada.

Después del estreno cenaron en el Café de Mónaco, un famoso restaurante situado frente al puerto. Sin embargo, Nicole no disfrutó de la experiencia. Había perdido el apetito y la copa de champán que tomó al principio de la cena le había dado sed, pero estaba decidida a honrar su parte de aquel descabellado acuerdo e hizo lo posible por charlar con los accionistas, tratándolos como si fueran posibles clientes de su tienda e intentando no mostrarse ofendida por su evidente sorpresa cuando descubrían quién era. Incluso la estrella de la película se quedó boquiabierta.

—¿Eres la mujer de Rocco? —exclamó Anna Rivers.

—Así es.

La actriz frunció el ceño.

—Yo no sabía que estuviera casado.

–Pues lo está –dijo Nicole, sintiéndose como un fraude. Aunque experimentó cierta satisfacción cuando la actriz pasó el resto de la noche charlando con su co-protagonista en lugar de monopolizar a Rocco.

Javier Estrada, un jugador de polo argentino con fama de conquistador, la miraba de modo insinuante, pero Nicole no tenía el menor interés y poco después se encontró en animada conversación con Annelise, la esposa de Marcel Dupois, el conservador accionista sobre el que Rocco le había advertido. La mujer resultó ser una gran aficionada a la cerámica, de modo que tenían mucho en común y charlaron durante largo rato.

Unos minutos después giró la cabeza y, al ver la mirada interrogante de Rocco, intentó sonreír.

«Actúa como una esposa que quiere hacer las paces con el hombre más guapo de la fiesta».

Consiguió hacer una pasable imitación y hasta se puso colorada ante el intenso brillo de sus ojos. Rocco no apartó la mirada y, durante unos extraordinarios segundos, casi parecía una conexión real.

Se le encogió el corazón y, de repente, le costaba respirar. ¿Cómo era posible desear a un hombre y odiarlo al mismo tiempo?

Nicole se dio la vuelta para admirar las luces del puerto, una vista impresionante que pronto sería solo un lejano recuerdo.

–¿Nicole?

La voz de Rocco la hizo temblar y se encontró recordando cómo había murmurado su nombre mientras le desabrochaba los tejanos en la terraza...

Pero estaba en peligro de recordarlo con dema-

siado detalle, de modo que se dio media vuelta, intentando no dejarse afectar por el perverso brillo de sus
ojos.

–Hola, Rocco. ¿Lo estás pasando bien?

Él se encogió de hombros.

–Es tolerable, pero creo que la fiesta está alargán-
dose demasiado, ¿no te parece? Deberíamos volver a
casa.

Nicole quería protestar, decir que estaba pasándo-
selo bien, pero eso solo retrasaría lo inevitable. ¿Y por
qué estaba tan nerviosa de repente? Lo deseaba, pero
no iba a pasar nada. No iba a dejarse llevar por el deseo. No iba a caer en sus brazos, poniendo en peligro
el esfuerzo que había hecho para rehacer su vida.

–Claro. ¿Por qué no?

Rocco iba en silencio en la limusina, mirando las
tiendas del principado como si no se hubiera fijado en
ellas hasta ese momento. Y Nicole hacía lo mismo,
concentrada en las empinadas calles y la fabulosa
vista del mar.

Debería alegrarse de que no quisiera conversar,
pero la verdad era que el silencio la inquietaba. Al
menos hablar la distraería de esa inquietud, de ese
indeseado cosquilleo en los pechos y del calor en su
vientre, que la hacían sentir como una víctima de su
propio deseo.

Tuvo que hacer un esfuerzo para no girarse en el
asiento y suplicarle que la besase.

–Lo has hecho muy bien –dijo él cuando el coche
se detuvo frente a la casa–. Te he visto charlando con
Annelise Dupois y parecía encantada.

–Gracias.

—Nuestro amigo argentino también te ha encontrado encantadora —dijo Rocco entonces, burlón—. Parece que te has ganado un admirador.

—Y tú tienes una admiradora en Anna Rivers. La pobre apenas pudo disimular su decepción cuando descubrió que estabas casado.

En la penumbra, sus ojos brillaron como los de un predador.

—Así que hemos descubierto que los dos somos atractivos para el sexo opuesto.

—No es noticia en lo que se refiere a ti.

—Y que los dos podemos ser... algo territoriales.

—Habla por ti mismo.

—Eso hago, pero tú no puedes negar que te irritaba ver a Anna susurrándome al oído —dijo Rocco—. Estaba escrito en tu cara.

¿Tan transparente era?

—Y tú no intentabas impedírselo. ¿Te gustaba sentir su cálido aliento en la oreja? ¿Te gustaba verla reírse histéricamente de todas tus bromas?

—No, en realidad lo que me interesaba era tu reacción.

—Estaba actuando, Rocco. Intentando hacer el papel de la amante esposa que tendría celos de otra mujer. No te imagines nada más.

Por suerte, habían llegado a su destino y el chófer abrió la puerta del coche. Nicole salió del claustrofóbico interior intentando calmarse, preguntándose por qué se sentía tan posesiva cuando ellos ya no tenían ninguna relación.

Veronique debía de librar esa noche porque el propio Rocco abrió la puerta y la ausencia de empleados hizo que su llegada pareciese curiosamente normal. Aunque no había nada normal en esa noche, se recordó a sí misma. Todo aquello era producto de su hiperactiva imaginación.

—Estoy cansada. Buenas noches, Rocco.

—Buenas noches, Nicole.

No intentó detenerla. ¿Había pensado que lo haría? Por supuesto que sí. Tontamente, casi se sintió desilusionada cuando abrió la puerta del dormitorio que había elegido, tan lejos del dormitorio de Rocco como era posible, y la cerró tras de sí.

Se quitó el vestido y dejó la bisutería sobre una mesita de cristal antes de meterse en la ducha, pero enjabonar su acalorado cuerpo imaginando que eran los dedos de Rocco deslizándose entre sus muslos no era una experiencia relajante. De hecho, cuando cerró el grifo estaba más sofocada que en la limusina, demasiado inquieta como para dormir.

La luna era tan brillante que iluminaba la habitación con su luz plateada y, después de ponerse una camiseta ancha y unas bragas, Nicole atravesó la habitación para salir a la terraza.

Sobre ella, el oscuro cielo estaba punteado por el brillo de las estrellas y la luna parecía enorme, más grande que nunca. Suspirando, apoyó los codos en la barandilla y miró el mar.

¿Había sido una locura ir allí? Probablemente.

No sería fácil olvidar a Rocco después de aquello y no tenía nada que ver con la elegante casa, la limusina o el yate que había mencionado tenía amarrado en el puerto. Era estar en su compañía de nuevo. Había olvidado lo carismático que era y el poderoso magnetismo que ejercía sobre todo el mundo, especialmente sobre ella.

Lo había olvidado porque le interesaba olvidarlo y porque tenía que rehacer su vida, pero ahora estaba confusa, desconcertada. Rocco no la había besado esa noche. Ni siquiera la había tocado y, sin embargo, era como si hubiese provocado un incendio en su interior.

Un golpe de viento le levantó los rizos y suspiró, sabiendo que no iba a ser capaz de conciliar el sueño. Pero nadie se moría por no dormir una noche. Se quedaría allí, mirando la luna brillando sobre el agua hasta que se le cerrasen los párpados.

Oyó el ruido de la puerta del dormitorio, pero no se dio la vuelta. No tenía que hacerlo. Nadie más entraría en su habitación sin ser invitado. Nadie más se atrevería a hacerlo. Pero, aunque otras cien personas hubiesen abierto la puerta, ella habría sabido cuándo entraba Rocco.

¿Era tan sensible a su presencia que podía detectarlo, como una hembra olfateando al macho dominante en medio de la naturaleza? ¿Era por eso por lo que se le levantaron los pezones bajo la camiseta?

«Dile que se vaya».

«Suplícale que se quede».

−¿Nicole?

Ella tembló cuando salió a la terraza. ¿Había pensado que escuchar su voz rompería el hechizo? Porque, si era así, estaba completamente equivocada.

−¿Qué? −respondió.

−Date la vuelta.

Ella lo hizo y, al verlo, reconoció que lo que sentía no era resentimiento, sino alivio. Sí, alivio. ¿No era aquella emoción mejor que estar muerta en vida? ¿No era bueno sentirse viva otra vez?

–¿Qué quieres, Rocco?

–Tú sabes bien lo que quiero –respondió él, con una sonrisa de predador–. A ti.

Y el sentimiento era mutuo. Lo deseaba porque sabía que solo él podía borrar esa horrible sensación de vacío de su interior, pero era un gran riesgo. ¿Y si acostarse con él aumentaba su deseo en lugar de matarlo?

Nicole dio un paso adelante, sabiendo que iba a asumir el riesgo porque la idea de decirle que se fuera era sencillamente insoportable. Una noche más, solo eso. Una noche para librarse por fin de sus demonios. Aunque debía estar en guardia contra emociones inoportunas. Rocco quería sexo y ella quería algo más profundo, pero amor era algo que Rocco Barberi no podría ofrecerle nunca.

Llevaba solo unos tejanos con el botón desabrochado... y nada más. El vello oscuro de su torso caía en una fina línea por su abdomen y se perdía bajo la cinturilla del pantalón, en el bulto que empujaba contra la tela. La miraba con una arrogante sonrisa en los labios, como si supiera que iba a rendirse. Y Nicole decidió entonces que si aceptaba tendría que ser en sus términos.

Ya no era su jefe y pronto ni siquiera sería su marido. Aquello era algo físico, nada más. Eso era lo que hacían dos adultos para encontrar satisfacción. Nicole intentaba controlar sus emociones con mano de hierro, pero notó el temblor de su voz cuando le preguntó:

–Entonces, ¿vamos a hacerlo?

–Creo que tú sabes la respuesta a esa pregunta –respondió él, con los ojos brillantes a la luz de la luna–. Desnúdate –dijo luego en voz baja.

Capítulo 6

LA ORDEN de Rocco amenazó con destruir el hechizo sensual que la había envuelto y Nicole lo miró con resentimiento. ¿Pensaba que seguía siendo la agradecida virgen a la que había seducido, la ingenua que haría todo lo que le pidiese?

Le sostuvo la mirada levantando la barbilla mientras él la estudiaba con expresión calculadora.

–¿Qué has dicho?

Rocco se rio.

–Me has oído perfectamente.

–Quiero que lo repitas.

–He dicho que te desnudes.

–¿Quieres que te haga un striptease?

Él se encogió de hombros.

–Si eso es lo que quieres...

–No, no es eso lo que quiero. He cambiado, Rocco. ¿Tú no?

Sus ojos brillaron, pero no respondió directamente a la pregunta.

–Entonces, ¿por qué no me dices lo que quieres?

A pesar de todo lo que sabía, Nicole se encontró deseando lo imposible. Queriendo que él dijese algo romántico, que dijese que la había echado de menos, que su vida no había sido la misma desde que se marchó de Sicilia. ¿Unas palabras tiernas no habrían retocado lo que estaba a punto de pasar, aunque no las dijese de corazón?

Para que, por un momento, pudiese creer que le importaba, como había fingido tan a menudo en el pasado. Pero eso no tendría sentido porque los adultos no hacían demandas hipócritas. Aceptaban las cosas como eran y aquello era sexo de despedida o de ruptura, como quisiera llamarlo. Un último revolcón con el magnífico cuerpo de Rocco Barberi. Y debería aprovecharlo.

Cuando pasó los dedos por sus húmedos rizos sintió que sus pezones se endurecían bajo la camiseta. Rocco seguía todos sus movimientos con la mirada, como un hombre hipnotizado. Brevemente, Nicole disfrutó de esa sensación de poder.

–Quiero que te quites la ropa para mí –le dijo con voz ronca–. Y que lo hagas despacio. Quiero poner a prueba tu paciencia hasta que los dos estemos tan encendidos que no podamos soportarlo más. Eso es lo que quiero, Rocco.

Él entornó los ojos, mirándola con expresión recelosa.

–¿Desde cuándo tienes esas fantasías? –le preguntó en voz baja–. ¿Ha habido otro hombre?

–¿Crees que no tengo imaginación? ¿O que soy incapaz de articular mis propios deseos a menos que un hombre me enseñe a hacerlo? –Nicole sacudió la cabeza, airada–. Gracias por recordarme lo increíblemente arrogante que eres. Y por hacer que me dé cuenta de que esto sería un grave error.

Iba a pasar a su lado, con sus rizos sacudiéndose con

la brisa, pero Rocco la tomó por la muñeca y la atrajo hacia él. Sus pechos se aplastaron contra el duro torso masculino y notó los salvajes latidos de su corazón.

–Creo que no quieres ir a ningún sitio, Nicole. Solo quieres provocarme y quieres que yo haga lo mismo –le dijo, pasando un dedo por su cara antes de ponerlo sobre el pulso que le latía en el cuello–. ¿Estoy equivocado?

Ella intentó encogerse de hombros, pero el gesto no sirvió de nada porque mostrar valentía no era tan fácil cuando el rostro de Rocco estaba a unos centímetros del suyo y su duro cuerpo tan cerca.

–No pienso caer en viejos patrones –le espetó–. No voy a desnudarme para ti cuando chasques los dedos. No quiero jugar a eso nunca más. Si me quieres desnuda, tendrás que desnudarme tú mismo.

Rocco esbozó una sonrisa.

–¿Ah, sí?

Ella asintió, incapaz de articular palabra porque él estaba deslizando la mano por su cuerpo y eso la hizo desear que la camiseta no fuese tan ancha. ¿Qué la había poseído para ponerse algo tan poco favorecedor?

Como si le hubiera leído el pensamiento, él tiró de la camiseta para rozar su piel con los dedos y sus terminaciones nerviosas despertaron de inmediato.

–¿Quieres que lo haga despacio? –le preguntó Rocco mientras acariciaba uno de sus pechos con la palma de la mano–. ¿Cuánto tiempo antes de quitarte la ropa?

A Nicole se le doblaban las rodillas.

–Yo... –empezó a decir.

–No me lo estás poniendo fácil.

–Yo no... –murmuró ella, cerrando los ojos–. No me acuerdo.

–¿Un repentino lapso de memoria, *cara*? –murmuró él. Y su acento siciliano era como una caricia–. Me pregunto qué lo ha provocado.

Nicole no podía responder porque le estaba apretando uno de los pezones entre el pulgar y el índice, enviando oleadas de placer por todo su cuerpo. Cuando volvió su atención hacia el otro pecho, la frustración de Nicole era insoportable.

Se preguntó por qué le había dicho que quería que fuese despacio cuando su deseo era tan intenso que un río de ardiente miel corría entre sus muslos. Quería, necesitaba, estar tumbada, pero él no parecía dispuesto a moverse. Para que sus piernas dejasen de temblar iba a tener que agarrarse a sus hombros.

Él se rio suavemente mientras clavaba los dedos en su carne y hundía la boca en su cuello para darle un ligero mordisco.

–Rocco... –dijo ella en un suspiro.

–¿Qué?

–Quítame... quítame la camiseta.

–Pensé que querías que me tomase mi tiempo. Poner a prueba mi paciencia, creo que dijiste. Y te aseguro, *cara*, que aún no he empezado siquiera. Te demostraré lo paciente que puedo ser.

Era a la vez una promesa y una amenaza. Y también una fanfarrona demostración del control que ejercía sobre su deseo. Nicole cerró los ojos mientras le pasaba una mano por el vientre, pero sin tocar el sitio donde ella quería que la tocase.

Se había mostrado demasiado segura de sí misma cuando, en realidad, anhelaba desesperadamente tenerlo en su interior. Nicole se retorció de deseo cuando, con deliberada lentitud, él deslizó una mano por el borde de sus bragas. Rezaba para que introdujese un dedo y sintiera cuánto lo deseaba, pero no lo hizo.

Había querido tomar el control de lo que iba a pasar, marcar el ritmo, pero había conseguido justo lo contrario, darle el poder a él. Y se preguntó a qué demonios estaba jugando.

Pero ¿por qué esperaba que él tomase todas las decisiones?, se preguntó entonces. Alargando una mano, le bajó la cremallera de los vaqueros y liberó la gruesa y dura erección.

La voz de Rocco, antes tan firme, se convirtió en un gemido ahogado cuando empezó a acariciarlo.

—Pensé que habías dicho...

—He cambiado de opinión —lo interrumpió—. Es prerrogativa de una mujer.

Empezó a acariciar la tensa erección arriba y abajo, pero él la detuvo y lo oyó reír, inseguro.

—¿Qué te hace tanta gracia? —le preguntó, indignada.

—Tú. No sabía que pudieras ser tan... cambiante. Y me gusta.

Una punzada de tristeza perforó su estado de falsa despreocupación. Por supuesto, Rocco no sabía de lo que era capaz porque nunca se había molestado en descubrirlo. Porque no le importaba. Para él, siempre sería la limpiadora de la oficina, con el uniforme y la fregona y el cubo en la mano, la última mujer del mundo con la que hubiera querido casarse.

Pero no iba a pensar en eso.

Ya no.

Iba a pensar en lo bien que se sentía y a disfrutar de cada segundo. Y luego iba a despedirse de él para siempre.

—Me alegro de que te guste, pero será mejor que no te acostumbres —le advirtió.

—¿A qué?

—Al sexo.

Rocco enarcó una ceja.

—Ah.

—Los dos sabemos que solo va a pasar una vez.

—¿Ah, sí? —dijo él, con tono retador. Nicole vio un brillo desafiante en sus ojos mientras le quitaba la camiseta y la tomaba en brazos para llevarla a la cama—. En ese caso, tal vez deberíamos dejar de perder el tiempo hablando y dedicarnos a lo que importa.

—Tú siempre vas al grano —murmuró ella mientras la dejaba sobre el edredón.

Nicole lo vio buscar algo en el bolsillo de los tejanos antes de quitárselos y tumbarse a su lado. Y, de repente, estaba sobre ella, con una rodilla a cada lado de sus caderas.

—¿Cómo te gusta? ¿Rápido, lento, con las luces apagadas, encendidas?

Nicole iba a decirle que no fuese tan frívolo... hasta que se dio cuenta de que también eso sería una pérdida de tiempo. Tenía razón. ¿De qué servía hablar cuando lo deseaba tanto que su corazón amenazaba con escapar de su pecho? ¿Por qué molestarse en lanzar pullas si eso no iba a cambiar nada?

Mirando el insondable brillo de sus ojos, le habló con el corazón:

–Hazme el amor –le dijo.

Vio que se ponía tenso mientras le apartaba el pelo de la cara y, por un momento, pensó que iba a besarla. Pero no lo hizo. En lugar de eso empezó a explorarla con los dedos, como familiarizándose de nuevo con su piel. Cuando enganchó con los dedos el borde de las bragas pensó que iba a rasgarlas como había hecho tantas veces, pero tampoco lo hizo. Aunque notó que le temblaban las manos ligeramente mientras las deslizaba por sus piernas.

Ávidamente, temblando, puso los labios sobre la sedosa piel de su hombro mientras abría las piernas para él.

–Tan sensible... –murmuró Rocco mientras ella se arqueaba–. Veo que eso no ha cambiado.

Pero Nicole no quería comparaciones. No quería pensar en el pasado porque eso podría despertar unos recuerdos que había bloqueado y que estaban siempre esperando para asaltarla. Y aquel encuentro debía tratarse de placer, no de dolor.

«Haz borrón y cuenta nueva para dejar el pasado atrás, donde debe estar».

Exploró sus oscuros pezones con un roce ligero como una pluma y disfrutó del gemido masculino, viendo que cerraba los ojos mientras ella pasaba los dedos por su duro estómago. Luego acarició los marcados abdominales y pensó, no por primera vez, lo magnífico que era su cuerpo desnudo, su piel morena brillando invitadora en contraste con la blanca sábana.

Era una fiesta para los sentidos, pensó. Podía saborearlo, sentirlo y respirar el seductor aroma a bergamota que subrayaba su cruda masculinidad.

¿Habría notado su respiración jadeante?, se preguntó. ¿Era por eso por lo que inclinó la cabeza para acariciar sus pechos con la lengua, dejando un húmedo rastro sobre cada montículo hasta que Nicole estaba tan excitada que empezó a arquearse, impaciente?

Cuando rozó uno de sus pezones con los dientes mientras introducía una mano entre sus muslos, dejó escapar un gemido de placer que se convirtió en un grito cuando introdujo un dedo entre sus húmedos pliegues. Cuánto había echado eso de menos... se daba cuenta en ese momento. La inexorable tensión crecía cada vez más, pero cuando recordó que casi había terminado entre sus brazos en la terraza le apartó la mano.

–No –susurró.

–¿No? ¿Esperas hasta ahora para cambiar de opinión? –exclamó él, incrédulo. Su acento era más marcado, como ocurría siempre que estaba perdido en un intenso placer.

–No... quiero decir así no.

Él entendió inmediatamente y, a la luz de la luna, Nicole vio que el deseo oscurecía sus facciones mientras tomaba el preservativo que había sacado de los tejanos. Lo miró mientras rasgaba el envoltorio y enfundaba el rígido miembro... y la intimidad de ese acto tan simple casi fue su perdición. Porque él le había enseñado a hacerlo, convirtiéndolo en un juego erótico, una tarea que ella había hecho encantada...

Pero también le había preguntado si había roto el preservativo a propósito con la uña para quedarse embarazada, recordó entonces. Se había retractado de inmediato, pero el recuerdo era imborrable.

Por suerte, esos amargos pensamientos se esfuma-
ron en cuanto entró en ella, siendo reemplazados por
una sensación de plenitud que la dejó sin aliento. El
placer conquistaba el dolor tan fácilmente, pensó.
Podía hacerte tan frágil que apenas sabías quién eras.
De repente, olvidó que era una esposa buscando un
divorcio y se convirtió en la criatura inocente que se había entregado a él casi tres años antes, tan dispuesta,
tan impaciente.

—Rocco —dijo con voz ronca.

Él no respondió. Estaba demasiado ocupado haciendo lo que más le gustaba hacer: enredar sus muslos alrededor de sus caderas. Esa era su postura favo-
rita. Agarró sus nalgas y las empujó hacia él para que
la penetración fuese más profunda. Y, a pesar de saber
que para él solo era algo físico, Nicole se perdió en
las sensaciones mientras la embestía una y otra vez.
Querría que durase toda la noche, pero en tal estado
de excitación eso no iba a pasar. Casi había terminado
cuando entró en ella y ya no podía controlarse más.

—No puedo esperar —susurró.

—Lo sé, *cara* —musitó él con voz ronca.

El íntimo murmullo atravesó todas sus defensas y
se dejó ir, disolviéndose de gozo. Sus piernas se
abrieron y sus caderas se levantaron como por decisión propia. Él dejó escapar un rugido de placer al
sentir las convulsiones de su útero y una solitaria lágrima asomó a los ojos de Nicole cuando los envites
se volvieron más urgentes y desesperados.

Sabía que también él estaba cerca del precipicio y se
agarró a sus hombros mientras la embestía como un
hombre poseído.

¿Y no disfrutó al saber que aún podía hacerle eso, que aún podía hacerlo gemir así mientras su cuerpo era sacudido por un poderoso orgasmo?

Los dos se quedaron en silencio después. Rocco con la cabeza apoyada en su cuello mientras ella miraba la luna reflejada en el techo de la habitación. Nicole quería hacer algún comentario frívolo para que se diera cuenta de que no significaba nada para ella, para demostrar que no esperaba nada más que sexo. Pero en lugar de eso se encontró susurrando lo único que daba vueltas en su mente:

—Rocco...

Él permaneció inmóvil, intentando recuperar el control que había perdido desde el momento en que entró en su voluptuoso cuerpo. Cómo lo tocaba, cómo había pronunciado su nombre, como si estuviese desconcertada.

Y también él estaba desconcertado, tuvo que reconocer. Mientras enredaba los dedos en su pelo se dijo a sí mismo que eso era todo lo que quería, tenerla debajo de él y oírla pronunciar su nombre por última vez mientras llegaba al orgasmo.

Esa había sido la idea. La había deseado y la había tenido, y eso significaba que podía marcharse. Podía darle el divorcio que tanto deseaba y que los liberaría a los dos.

Pero, por alguna razón, darle la espalda no le parecía una idea tan atractiva. En lugar de eso se encontró acariciando sus pechos hasta que los pezones se levantaron. Esperó el murmullo de asentimiento, el serpenteo de sus caderas indicando que la erección crecía dentro de ella y quería que volviese a hacerle el amor.

Pero, en esa ocasión, Nicole no se mostró tan complaciente y, en lugar de enredar las piernas en su espalda, estaba apartándose hacia el otro lado del colchón, tan lejos como si estuviera en otro planeta.

Rocco giró la cabeza para mirar su perfil mientras ella miraba el techo, donde la luz de la luna bailaba entre las sombras.

–¿Ya está?

Ella asintió con la cabeza, la única indicación de que lo había oído, y cuando habló lo hizo con una voz que no reconocía.

–¿Qué esperabas, Rocco? ¿Otro asalto, otra ronda de sexo salvaje?

–¿Por qué no? –le preguntó él, mirando sus erguidos pezones a la luz de la luna y pensando que su cuerpo contradecía la convicción que había puesto en sus palabras–. La primera vez siempre es un aperitivo, la segunda es el banquete. Me imagino que recuerdas eso, ¿no?

Vio que ella tragaba saliva y notó cierta tensión en su voz cuando respondió:

–Ahora las circunstancias son diferentes.

–¿En qué sentido?

Nicole se encogió de hombros.

–Evidentemente, los dos hemos disfrutado del encuentro, pero es mejor no tentar al destino.

–¿Y si yo no estuviera de acuerdo?

–Me temo que no tienes elección, Rocco.

Él lo pensó un momento y, cuando habló, su voz sonaba muy pausada, como si alguien le hubiera hecho una incómoda pregunta durante una reunión.

—Pensé que querías que fuese complaciente sobre el divorcio.

Nicole giró la cabeza para mirarlo a los ojos y él pensó en lo preciosa que era, con sus rizos salvajes y el ligero rubor que había pasado de su pecho a sus mejillas.

—¿Es una amenaza? ¿Estás diciendo que si no acepto acostarme contigo otra vez paralizarás la petición de divorcio?

—Por favor, no me insultes. No se me ocurriría pedirte nada que tú no quisieras hacer —Rocco alargó una mano para ponerla sobre su muslo y no le sorprendió notar un instintivo temblor como respuesta—. Solo digo que deberíamos aprovechar la increíble química que hay entre los dos mientras tenemos la oportunidad de hacerlo.

Ella le apartó la mano, aunque Rocco se dio cuenta de que lo hacía con desgana.

—¿Te refieres a la química que nos metió en líos la primera vez?

—¿Es así como lo ves?

—Por supuesto, porque es la verdad, Rocco. Una verdad que yo acepté hace mucho tiempo. Yo solo era otro cuerpo, solo otra cara, una más en la larga lista de mujeres a las que has seducido. La única diferencia es que yo era virgen —Nicole buscó el edredón a los pies de la cama y tiró de él, aunque Rocco notó que no lo incluía a él en ese capullo protector—. Y para ti, esa era la diferencia —agregó ella, mordiéndose el labio inferior en un gesto obstinado—. Tal vez estabas cansado de que las mujeres se echaran en tus brazos y yo era una novedad. ¿No era eso, Rocco?

Él esbozó una sonrisa.

—Esa primera noche contigo me hizo perder la cabeza.

—La emoción de romper un himen, supongo. Ese momento único que no puede recuperarse.

Rocco, poco familiarizado con esa nueva y atrevida Nicole, se puso tenso.

—Te has vuelto muy cínica.

Temblando violentamente a pesar de estar envuelta en el edredón, Nicole querría preguntar qué había esperado. ¿Creía que se había alejado de él sin aprender nada? Y, ¿si no aprendías de tus errores, qué esperanza había?

Se había dado cuenta de que para sobrevivir necesitaba ver aquello desde un punto de vista desapasionado, que no servía de nada intentar ver su fracasado matrimonio de un modo sentimental. La ingenua virgen que se había enamorado del poderoso siciliano era un lejano recuerdo y, desde entonces, se había esforzado mucho para verlo todo desde otra perspectiva. No inventaba mitos ni creía en cosas imposibles solo para sentirse mejor. Y nada, ni siquiera un fantástico revolcón con su marido, iba a hacer que cambiase de opinión.

Pero había algo más de lo que no habían hablado, algo más importante que su virginidad o la pérdida de la inocencia, pero no quería sacar el tema del bebé que habían perdido. No, esa noche no. Tal vez nunca. Al fin y al cabo, Rocco no había querido hablar de ello entonces.

Y tampoco ella, tuvo que reconocer. En realidad, que Rocco no hubiera querido hablar de ello había sido un alivio. Él no quería hablar de lo que había pasado y ella, sencillamente, era incapaz de articular su dolor. ¿Y no había hecho eso que la sensación de vacío fuese más grande?

Nicole tomó aire, decidida a olvidarse del pasado y volver al presente.

—Tal vez necesito un toque de cinismo. Tal vez era demasiado inocente en todos los sentidos de la palabra —le dijo, notando que sus ojos se llenaban de lágrimas y aterrada de que él se diera cuenta—. Y creo que es hora de que vuelvas a tu habitación.

Rocco cambió de postura.

—O podría quedarme aquí y pasar la noche haciendo el amor contigo, ya que eso es lo que los dos queremos.

A pesar de todo lo que había ido mal entre ellos, Nicole sintió la tentación de aceptar. ¿Qué mujer no se sentiría tentada por un hombre como él? Parecía un león allí tumbado, tan seguro de su fuerza, tan apuesto. La luna le daba un brillo plateado a su poderoso cuerpo y una rápida mirada le confirmó que estaba excitado de nuevo.

La parte más irracional de su naturaleza hacía que deseara echarle los brazos al cuello para hacer el amor de nuevo, pero eso sería una locura que podría romper del todo su tenue conexión con la realidad. Rocco la afectaba demasiado.

Se preguntó entonces qué había sido de la mujer que, supuestamente, había superado los sentimientos que albergaba por su marido, pero en el fondo sabía la respuesta: esa mujer no existía cuando estaba entre los brazos de Rocco. ¿Por qué arriesgarse cuando aún les quedaba por delante el resto del fin de semana?

—Creo que paso —respondió. Y la sorpresa que vio en sus serias facciones aumentó su resolución—. Quiero dormir sola —agregó, esbozando una sonrisa.

Él no intentó disuadirla. Se levantó de la cama haciendo una exhibición de gracia masculina, con sus nalgas pálidas en contraste con la piel morena de sus poderosos muslos.

Cuando se inclinó para recoger los tejanos del suelo, Nicole se tumbó boca abajo y hundió la cara en la almohada, intentando bloquear el sonido de la cremallera.

Oyó el ruido de la puerta cerrándose tras él, pero estaba demasiado alterada como para conciliar el sueño.

Y se dio cuenta entonces de que Rocco no la había besado ni una sola vez durante todo el encuentro.

Capítulo 7

QUÉ QUIERE tomar de desayuno, *madame*? –le preguntó Veronique.

Con unos párpados pesados como el plomo, Nicole se sentó a la mesa en la terraza, un poco mareada por la luz del sol y el aroma a jazmín y café.

–Tenemos *croissants*, *madame* –siguió el ama de llaves–. Aunque el *signor* Barberi le ha recordado al chef que usted toma el desayuno inglés. ¿Quiere unos huevos con beicon?

Nicole sonrió, aunque sonreír no le parecía oportuno. Una mueca de remordimiento sería mucho más apropiada en esas circunstancias. Después de una noche dando vueltas en la cama, perdida en turbadores sueños, se había despertado con una sensación de bienestar entre las sábanas que olían a sexo. Se le encogió el corazón al recordar qué la hacía sentir así. O, más bien, quién.

En su mente apareció una imagen de Rocco desabrochando la cremallera de sus tejanos y acariciándola íntimamente.

Abochornada, se puso las gafas de sol, deseando que la noche anterior no apareciese en su cabeza a todas horas. El recuerdo era humillante y le ardían las mejillas al recordar cómo había recibido el cuerpo de su marido, con una urgencia que la había tomado por sorpresa. Su deseo por él era más fuerte que nunca y eso la había desconcertado porque al final de su matrimonio ya no quería estar cerca de Rocco. Y tampoco él quería estar a su lado. Se habían apartado el uno del otro en todos los sentidos.

Acostarse con él había sido un error, pero ya no podía hacer nada. No podía dar marcha atrás, pero el ejercicio de la noche anterior le había abierto el apetito y miró el plato de melocotones antes de mirar al ama de llaves.

—Me encantarían unos huevos escalfados con una tostada integral, si es posible.

—*D'accord, madame.*

Nicole comió algo de fruta mientras miraba los lujosos yates que flotaban en el puerto hasta que el ama de llaves volvió con el resto del desayuno.

Estaba mojando la tostada en la yema del huevo cuando una sombra cayó sobre la mesa. Rocco había aparecido en la terraza recién afeitado y duchado, con el pelo aún húmedo y algo rizado en las puntas.

Sin chaqueta, la camisa azul contrastaba con el tono más oscuro de sus ojos y el elegante pantalón destacaba sus largas piernas. Tal despliegue de masculinidad empezaba a hacerle cosas preocupantes a su pulso.

—¡Rocco! —exclamó con tono acusador—. ¿Siempre tienes que aparecer sin hacer ruido?

—Me muevo en silencio, *cara*, es mi naturaleza. Tú reaccionas así porque estás nerviosa —replicó él, dejándose caer sobre una silla.

Nicole, que había perdido el apetito, dejó la tostada en el plato. Incapaz de olvidar el sensual encuentro de la noche anterior, tomó una servilleta y se la pasó por los labios.

—Tal vez solo tú ejerces ese efecto en mí.

—¿Es un cumplido?

—¿Tú qué crees?

Rocco se encogió de hombros.

—Nunca he sabido qué pensar cuando se trata de ti, Nicole. Lo de anoche, por ejemplo. Estabas ardiendo por mí y, de repente, te mostraste fría como el hielo. Eres una especie de... enigma.

Ella dejó escapar una risita.

—Qué irónico viniendo de ti, el hombre que nunca habla de sus sentimientos.

—Porque yo no soy así —dijo él, llevándose la taza a los labios—. Tú lo sabes. Los hombres de la familia Barberi no son así.

Nicole apartó su plato. Era cierto. Pensó entonces en su abuelo, el hombre que lo había ayudado a criar a sus dos hermanos cuando sus padres murieron en un trágico accidente marítimo que había aparecido en las portadas de todos los periódicos.

Recordaba el día que aparecieron en el complejo Barberi, a las afueras de Palermo, recién llegados de su luna de miel. Iba a ver al patriarca del clan más poderoso de Sicilia por segunda vez después de la boda y estaba asustada.

Y hacía bien en estarlo porque enseguida descubrió que el respetado anciano era tan estirado como Rocco, e igualmente incapaz de expresar sus sentimientos. Tal vez porque Turi, un hombre mayor y anticuado, hubiese preferido que su querido nieto se casara con una mujer siciliana de su misma clase social.

Sin embargo, a pesar de las barreras con las que se había encontrado, Nicole estaba decidida a superarlas y dar una buena impresión porque quería crear un hogar para su marido y para el hijo que esperaban.

Durante su luna de miel en Estados Unidos, cuando no estaba mareada o vomitando, intentó aprender italiano para impresionar a su nueva familia, especialmente al abuelo de Rocco. Pero todo era tan nuevo, tan diferente cuando llegó a Sicilia. Se había sentido sola en la enorme casa, sin nada que hacer durante todo el día y nadie con quien hablar. Rocco se había concentrado en el trabajo y Turi solo hablaba en el dialecto siciliano, de modo que apenas podían comunicarse.

«De tal palo, tal astilla», recordaba haber pensado.

Tal vez su error había sido esperar algo diferente, pensar que la niña huérfana que había fregado suelos podría ser considerada aceptable allí.

Rocco la acusaba de no haber hablado de sus sentimientos, como si fuera un defecto de su carácter, mientras en su caso le parecía algo natural. Y no mostraba la menor intención de cambiar. Era un hombre de gran éxito en los negocios, con enorme poder e influencia, que examinaba las oportunidades al detalle. Estaba dispuesto a llevarla allí para facilitar un acuerdo comercial y, sin embargo, era capaz de ignorar el fracaso de su matrimonio como si no hubiera pasado nada.

Actuaba como si no hubieran creado un hijo. Como si esa breve y diminuta vida nunca hubiera existido.

Se le encogió el corazón de pena y, de repente, decidió que no podía seguir sin saberlo. Tal vez era por eso por lo que su relación siempre le había parecido un asunto pendiente. Reconocía ahora que debía cargar con parte de la culpa porque había salido huyendo en lugar de enfrentarse con los problemas. Pero estaba allí ahora, ¿no? Tal vez aquello debía ser resuelto de una vez por todas o nunca podría tener paz interior.

¿Era eso lo que le dio valor para decirlo en voz alta, la certeza de que nunca tendría respuestas a menos que las buscase, por dolorosas que fueran?

–Muy bien –empezó a decir, quitándose las gafas de sol–. Los dos nos hemos acusado de no hablar sobre nuestros sentimientos...

–Yo no recuerdo haberte acusado de nada.

–Has dicho que soy un enigma. Entonces, ¿por qué no hacemos preguntas el uno al otro? Sin excusas y sin rodeos.

–¿Qué es esto, un juego?

–No te hagas el tonto, Rocco.

Él hizo una mueca de fastidio.

–¿Y cuál sería el propósito de tal interrogatorio?

Que tuviese que preguntar era mala señal, pero Nicole no pensaba dar marcha atrás.

–¿No podemos hacerlo, Rocco? Solo esta vez, dame ese capricho.

–Muy bien –asintió él, dejando escapar un suspiro de impaciencia–. Mientras seas tú quien pregunte primero.

Qué típico de él decir eso. Nicole tomó aire y las

palabras salieron de su boca como un torrente, antes de que tuviese tiempo de cuestionar si estaba siendo sensata.

—Solo te casaste conmigo porque estaba embarazada, ¿verdad?

Rocco se quedó en silencio un momento.

—Sí —respondió por fin.

El corazón de Nicole se encogió como si alguien hubiera metido la mano dentro de su pecho. Aunque lo sabía. Entonces, ¿por qué le dolía tanto escucharlo de sus propios labios? Tal vez porque esa confirmación significaba lo que siempre se había temido: que su breve matrimonio no había sido más que una farsa.

Sintió la tentación de cortar la conversación, pero hizo un esfuerzo para continuar. Después de todo, habían llegado hasta allí y eso era más lejos de lo que habían llegado nunca. ¿Por qué parar?

—Ahora tú —le dijo, rezando para que sacase el tema que los dos habían evitado durante tanto tiempo. Le había dado pie hablando del embarazo y lo único que Rocco tenía que hacer era enfrentarse por fin con ese momento tan triste—. Es tu turno.

Él tomó un sorbo de café antes de mirarla con sus ojos de color zafiro.

—Muy fácil —dijo con voz seductora—. ¿Disfrutaste anoche?

Nicole lo miró, consternada, incapaz de creer que hubiera hecho una pregunta tan... superficial. ¿Eso era lo único que le importaba, el sexo? Tal vez así fuera. El sexo era lo único que los había unido y seguía siéndolo.

—¿Quieres saber si me sentí satisfecha? —le preguntó, irritada–. Por supuesto que sí. Se te da muy bien satisfacer a una mujer, Rocco. Pero no necesitas que yo te lo diga.

Parecía estar burlándose de ella y sospechaba que lo había preguntado solo para igualar el marcador. O tal vez para advertirle que no volviese a presionarlo. Pero su actitud la enfurecía. ¿No podía haberle preguntado algo que importase de verdad? No, claro que no. Rocco Barberi no hablaba de sus sentimientos. Actuaba como si fuera una máquina y esperaba que todo el mundo hiciese lo mismo.

Y, de repente, supo que no podía dejar pasar la oportunidad. Iba a decírselo, por mucho que lo enfadase, o por mucho dolor que provocase. Porque necesitaba decirlo.

–Nunca has hablado de nuestro hijo, Rocco.

Su expresión se ensombreció, pero, si había esperado ira, dolor, anhelo o cualquiera de las emociones que la habían arrastrado a la más profunda desesperación tantas veces, se llevó una desilusión. Porque Rocco estaba dejando la taza sobre la mesa con toda calma, como si le hubiera preguntado si llovía a menudo en Mónaco, sus facciones eran tan impasibles como siempre, sus ojos helados.

–¿Qué quieres que diga? Ocurrió y no podemos hacer nada para cambiarlo. Los dos desearíamos que no hubiera sido así, pero... –Rocco se encogió de hombros–. No creo que pueda añadir nada más y no pienso hacerlo.

Ella querría zarandearlo, acusarlo de no tener corazón, pero ¿cómo iba a hacerlo cuando él nunca había fingido ser de otro modo? Rocco Barberi era incapaz de darle lo que ella quería y había sido así desde el principio. Había querido conseguir su amor, pero el amor no era una competición. Y, aunque lo fuese, si había un ganador, también habría un perdedor.

Y ella no quería ser la perdedora.

No quería estar anclada al pasado, quería librarse del dolor y los remordimientos. Librarse de él.

Estuvo a punto de levantarse de la mesa y decirle que volvía a Inglaterra, que, si tenía que esperar para conseguir el divorcio, lo haría. Pero había salido huyendo una vez, ¿y dónde la había llevado eso? La había dejado con una sensación de fracaso, de vacío. ¿Enfrentarse con la verdad no sería una especie de terapia, aunque le doliese?

Pero a Rocco no le dolía. Rocco no demostraba sentimiento alguno, ni entonces ni ahora.

Apartándose el pelo de la cara, Nicole se levantó y tiró la servilleta sobre la mesa.

–¿De qué sirve intentar hablar contigo? Mira, voy a ponértelo más fácil. Pasaremos el día separados y nos veremos en el cóctel. De ese modo, ninguno de los dos tendrá que soportar la compañía del otro durante mucho tiempo. Estaré a tu lado en público y eso es lo único que importa. Ese era el trato, ¿no?

Rocco entornó los ojos. Sabía que le había hecho daño y se preguntó si lo había hecho deliberadamente. Sabía que su brusca respuesta la haría reaccionar precisamente como lo había hecho... ¿y no era eso más fácil? Todo era menos complicado cuando Nicole no estaba a su lado porque estaba siendo una sorpresa continua. Para empezar, ya no parecía intimidada por él. Tenía el valor de preguntar y se había mostrado sorprendentemente calmada cuando le dijo la brutal verdad.

A veces, durante tan incómoda conversación, ella había intentado disimular sus sentimientos, pero había furia en su rostro y amargura también. Y dolor, mucho dolor. Pero ni una sola lágrima. Se preguntó entonces si era difícil para ella mantener esa expresión calmada y, de repente, se sintió culpable. ¿Había sido innecesariamente cruel con ella?

–Sí, ese era el trato –asintió por fin–. Pero tal vez podríamos cambiarlo.

–¿Ah, sí? ¿Y qué tienes en mente?

Rocco vio un brillo de resignación en sus ojos verdes, como diciendo que sabía qué iba a ofrecerle, que el sexo era lo único que le interesaba.

Y, aunque hasta unos minutos antes, él mismo estaría de acuerdo, su ego se rebelaba ante tal convicción. No toleraba ser visto como un semental, pero era algo más que eso. La conversación lo había inquietado. Por mucho que intentase disimular, Nicole estaba dolida y una mujer dolida era vulnerable. Y esa vulnerabilidad la hacía capaz de malinterpretar el acto de intimidad física y cargarlo de un significado inventado.

¿No estaría buscándose problemas si se acostasen juntos en ese momento?

Rocco miró el sencillo vestido que se ajustaba a su voluptuoso cuerpo. Tenía un aspecto tan dulce como el día que la conoció, cuando apareció delante de él con su uniforme de limpiadora, asustada porque le había mojado los pantalones. Pero lo que recordaba sobre todo era el brillo esmeralda de sus ojos... y no estaba preparado para la sorprendente punzada de nostalgia que experimentó.

Acostarse con ella sería un error. Necesitaba alejarse lo más posible del dormitorio y, por una vez, no le apetecía dejarla tomando el sol en la piscina mientras él se concentraba en el trabajo.

—¿Por qué no vamos a dar un paseo?

—¿Un paseo?

—Alrededor de La Roca, que es como todo el mundo llama a Montecarlo porque está construido sobre una roca.

—Ya me había dado cuenta. Todas las calles son empinadas.

Él sonrió mientras miraba las sandalias de cuña que destacaban sus finos tobillos.

—¿Has traído unos zapatos más cómodos?

—¿Unas zapatillas de deporte?

—Por ejemplo. ¿Por qué no vas a ponértelas?

Alegrándose de escapar del turbador escrutinio de su mirada, Nicole subió a la habitación con el corazón acelerado. Había estirado la cama antes de bajar a desayunar, pero alguien había cambiado las sábanas y limpiado la habitación. Todo estaba tan inmaculado como si la noche anterior no hubiese tenido lugar.

Pero había tenido lugar.

Sus mejillas se cubrieron de rubor mientras buscaba las zapatillas de deporte, intentando olvidar la explosiva pasión de la noche anterior y recordar en cambio lo que Rocco acababa de decirle.

Solo se había casado con ella por el niño.

El médico le había dicho que un aborto espontáneo era muy común, que debería irse a casa con su marido e intentar quedarse embarazada lo antes posible. Pero ¿cómo iba a hacerlo si Rocco se alejó de ella en cuanto perdió el bebé? ¿Cómo iba a hacerlo si Rocco parecía casi aliviado por tener una razón para romper su matrimonio?

¿Era eso lo que sentía, aunque no quisiera admitirlo? ¿Se habría dado cuenta de que seguramente era lo mejor a largo plazo porque lo liberaba de un matrimonio que no había deseado?

Pero ella nunca se lo había preguntado. Nunca se había sentado con él para dialogar y no solo porque se sintiera fuera de lugar como esposa del multimillonario siciliano.

No había intentado hablar con él porque no sabía cómo hacerlo. Tantos años viviendo en casas de acogida no le habían enseñado a sincerarse sobre sus emociones y, aunque Peggy Watson la había querido como una madre, pertenecía a una generación de prácticas mujeres irlandesas que, sencillamente, tiraban hacia delante en lugar de hablar de sus sentimientos.

¿No tenía ella parte de culpa por la falta de comunicación que había precipitado la ruptura de su forzado matrimonio?

Después de atarse los cordones de las zapatillas de deporte, tomó un bolso de tela y salió a la terraza. Rocco estaba esperando y sonrió cuando miró sus pies.

—Mucho mejor.

Nicole enarcó una ceja.

—Qué extraño viniendo de un hombre que una vez me pidió que paseara por su despacho solo con un par de tacones de aguja. ¿Qué ha pasado, Rocco? ¿Tus gustos han cambiado tanto?

Él la miró con gesto impasible.

—Ya no eres mi amante, Nicole. Eso es lo que ha pasado.

Pero se había sentido como su amante la noche anterior. Rocco la había tratado con la descarnada urgencia con que la trataba al principio de su relación, antes de casarse. Esa era otra de las cosas que siempre la habían sorprendido y que no había podido preguntarle en el pasado, pero ya no tenía nada que perder.

—Esas prendas que solías pedirme que me pusiera, las que comprabas en esa tienda del Soho...

—¿Vas a decirme que no te gustaban? —la interrumpió él.

—No, no voy a decir eso —respondió ella—. Me las ponía porque a ti te gustaban y porque sabía que te excitaban, pero cada vez que aceptaba tus demandas... tú te apartabas más de mí. Era como si intentases convertirme en alguien a quien al final acabaste despreciando. ¿Eso era lo que querías, Rocco?

Él tragó saliva. Era más perceptiva de lo que se había imaginado, o tal vez nunca se había parado a pensarlo. Se había quedado horrorizado al descubrir que la bella limpiadora era virgen porque él no quería una chica inocente, sino una amante excitante. Quería convertirla en eso con sus peticiones subidas de tono y con las prácticas sexuales que había disfrutado con otras mujeres. Quería ponerla en esa categoría porque la alternativa era admitir que estaba cautivado por su joven y dispuesta amante y esa admisión lo hacía sentir incómodo. No sabía por qué, tal vez porque no sabía qué esperaría Nicole y si podría él ser el hombre con el que ella soñaba.

Rocco apretó los labios. Pero entonces Nicole se había quedado embarazada y, de nuevo, se había visto en el papel que lo había perseguido durante toda la vida.

El de adulto responsable.

«Pregúntale a Rocco».

«Mira cómo lo hace Rocco».

Bueno, pues ya no. Ahora era libre y así era como le gustaba ser.

—Tal vez estaba intentando que tú me despreciases —admitió por fin.

Nicole lo miró, desconcertada.

—¿Y por qué ibas a hacer algo así?

—Porque sabía que podría hacerte daño —respondió él. Una admisión sincera que no había hecho nunca—. Y no quería eso, Nicole. Cuando descubrí lo dulce e inocente que eras temí hacerte daño.

—¿Puedes explicarme eso, por favor?

Rocco torció el gesto, preguntándose por qué insistía tanto cuando aquello solo iba a hacerle daño.

—Pensé que convertirte en un objeto crearía una brecha entre nosotros.

—Y así fue —dijo Nicole en voz baja.

—Así fue —asintió él.

Ella se mordió el labio inferior y no dijo nada más. No tenía que hacerlo, su expresión la delataba. Había terminado haciéndole daño de todos modos porque eso era lo que hacía siempre. Ella intentaba acercarse y él la apartaba. No sabía hacer otra cosa, no quería otra cosa.

—¿Has cambiado de opinión sobre el paseo? —le preguntó.

Nicole vaciló un momento antes de negar con la cabeza.

—No, en realidad me apetece mucho.

Rocco la miró con un gesto de curiosidad.

—¿A pesar de lo que acabo de decir?

—Tal vez por las cosas que has dicho —respondió ella, dejando escapar una temblorosa risita—. Creo que esta discusión me ha sido muy... útil.

—Pensé que no te gustaba esa palabra.

—Depende del contexto —Nicole se encogió de hombros—. Entender lo que afecta a alguien siempre es útil. Y me ayuda a darle sentido a lo que pasó.

Después de decir eso sonrió y el corazón de Rocco dio un vuelco dentro de su pecho. Por un momento, se encontró deseando haber cerrado la boca. Si lo hubiera hecho, habría pasado el día en la cama con ella.

—Vamos —dijo abruptamente.

Capítulo 8

S E SENTARON bajo un enramado de parras, con el Mediterráneo brillando frente a ellos. El camarero acababa de llevarse los platos, dejando un brillante caparazón de gamba rosa olvidado sobre el mantel, como un trocito de laca de uñas.

Nicole se echó hacia atrás en la silla, sabiendo que no podía seguir mirando la mesa o distrayéndose con la vista del mar para no mirar el atractivo rostro de Rocco.

Sin embargo, no quería mirar nada más. Podría mirar durante todo el día esos fieros e inteligentes ojos y esos labios que sonreían tan raramente, pero cuando lo hacían era como si saliera el sol de entre las nubes.

Se preguntó entonces qué estaba intentando hacer. ¿Quería cautivarla con un destello de cómo podía haber sido su vida si la hubiese amado en lugar de estar programado para hacerle daño?

Rocco le había mostrado el Montecarlo más desconocido tras las fachadas de las elegantes tiendas, explorando callecitas estrechas llenas de secretos. Recorrieron los preciosos jardines de Saint Martin y visitaron la catedral bizantina y la Plaza del Palacio, donde se unieron a otros turistas para ver el diario cambio de la guardia. Iban uno al lado del otro, muy cerca, pero sin tocarse. Y Nicole sentía un hormigueo de frustración que la recorría de arriba abajo.

Habían terminado en aquel precioso restaurante y, cuando el camarero les ofreció la carta de postres, Rocco no se molestó en mirarla. Estaba estudiándola a ella con esos ojos hipnotizadores que había heredado de sus ancestros griegos...

—¿Te apetece un postre? —la voz masculina interrumpió sus pensamientos.

—No, gracias. ¿Y a ti?

—Lo que yo quiero no está en la carta.

—¿Quieres algo especial?

—¿Como qué?

—No sé, ¿un *soufflé* o unos *crêpes suzette*?

Él se inclinó hacia delante, con una sonrisa en los labios.

—Después de lo que pasó anoche me asombra que puedas hacer esas preguntas con una expresión tan inocente —le dijo en voz baja—. Y eso hace que me pregunte si es real o fingida... o si es una invitación para que reconozca el deseo que ha ido naciendo entre nosotros durante toda la mañana. ¿No es eso lo que quieres que haga, Nicole?

Ella apartó la mirada, temiendo que pudiera verlo en sus ojos cuando ni siquiera se atrevía a admitirlo ante sí misma.

—No sé lo que quiero —le confesó.

—Entonces, tal vez yo podría tomar la decisión por los dos. Y yo creo que deberíamos discutir este asunto en privado. ¿Nos vamos?

Nicole sentía una opresión en el pecho que casi le impedía respirar.

—¿Quieres que volvamos a tu casa?

—¿Quién quiere perder el tiempo atravesando la ciudad?

—¿Entonces qué?

—Podríamos reservar una habitación.

—¿Dónde?

—Aquí mismo. Este restaurante tiene la mejor comida de la ciudad, pero también es un fantástico hotel —Rocco hizo una pausa, mirándola a los ojos—. Pero quizá tú no quieras eso.

Nicole se movió en la silla, incómoda. Por supuesto que quería. No había podido pensar en otra cosa desde que salieron de la casa esa mañana, cuando el mundo parecía un borrón y Rocco lo único que podía ver con claridad, por indiferente que se hubiera mostrado mientras estudiaba la arquitectura de la ciudad. Cuando estaba a su lado sentía como una corriente eléctrica sobre la piel, haciendo que anhelase estar aún más cerca.

Se dijo a sí misma que no iba a acostarse con él, que había salido de ese apasionado encuentro la noche anterior con el corazón intacto y sería un error arriesgarse. Pero su deseo era tan poderoso que tal vez Rocco se había dado cuenta.

Se pasó la lengua por los labios, intentando no dejarse afectar por el brillo de su pelo negro bajo el sol o por el atlético cuerpo masculino. Lo más sensato era decir que no. Debía sugerir que pidiese la cuenta y la llevase de vuelta a casa. Luego pasaría unas horas en la piscina antes de arreglarse para el cóctel de esa noche en el yate y haría el papel de su esposa en público, pero mientras tanto lo evitaría como había planeado.

Pero estaba tan cansada de ser sensata... ¿Cuándo se había arriesgado por última vez? ¿Cuándo había pensado en lo que ella quería, en lo que ella necesitaba?

La próxima semana estaría de vuelta en Cornualles, con arcilla húmeda bajo las uñas y muchas facturas que pagar, pero aquel día estaba en una soleada terraza frente al Mediterráneo y el único hombre al que había deseado en toda su vida estaba pidiéndole que se acostase con él. Solo una tonta desaprovecharía una oportunidad así.

—Puede que no tengan habitación.

—Podemos intentarlo —dijo él, mirándola con los ojos brillantes.

Por supuesto, tenían habitaciones disponibles y Nicole se sintió un poco perversa cuando el conserje les dio una llave.

Tontamente, se encontró deseando llevar su alianza en el dedo, la única joya que había conservado de su matrimonio. Se preguntó qué pensarían los empleados de unos clientes que iban a comer y luego, de repente, reservaban una habitación.

¿Pensarían que Rocco estaba a punto de tener un encuentro ilícito con una mujer que no era su esposa? ¿Y no era una ironía que, de algún modo, pareciese pegarle ese papel? Era mucho mejor amante que esposa, pensó.

La presencia de una mujer de mediana edad cubierta de diamantes, y con un perrito en el bolso, hizo que subieran en el ascensor en silencio. Pero Nicole no se hubiera atrevido a acercarse a Rocco aunque fueran solos. Estaba tan excitada que un simple roce la haría lanzarse sobre él como una gata salvaje para aprovechar lo que pudiese, sabiendo que después del domingo tendrían que decirse adiós para siempre.

Después de lo que le pareció una eternidad, el ascensor se detuvo y Rocco introdujo la tarjeta en la puerta con una mano que no era del todo firme. La suite era lujosa, con cortinas de seda y alfombras persas, las paredes pintadas en un suave tono gris y el aire perfumado con rosas recién cortadas. Pero Nicole dejó de pensar en la decoración porque en el momento en que la puerta se cerró tras ellos empezaron a quitarse la ropa.

–Rocco, ten cuidado –susurró cuando él tiró impacientemente de la cremallera del vestido–. Si lo rompes no tendré nada que ponerme para volver a casa.

–Te compraré otro –dijo él, mientras el vestido blanco caía al suelo–. Hay tiendas en el hotel.

Era una afirmación muy arrogante y a Nicole se le encogió el corazón al pensar que ella no era la primera. Le rompía el vestido a una mujer y, sencillamente, le compraba otro.

Pero, fuera como fuera su vida amorosa desde que su matrimonio terminó, Rocco no iba a estar solo para siempre. Claro que no. Un día reservaría una habitación como aquella con otra mujer y también a ella le quitaría el vestido con manos ansiosas.

Sin embargo, esa desagradable imagen quedó olvidada cuando Rocco empezó a acariciarla. Le quitó el sujetador con manos expertas, dejando que la prenda cayese al suelo mientras envolvía uno de sus pezones con los labios, arrancando un gemido de su garganta.

Empezó a quitarse el cinturón mientras ella le desabrochaba la camisa, deslizando los dedos por la suave piel de su torso desnudo. No pronunciaron una palabra, dejando que la intensidad de sus jadeantes respiraciones lo dijese todo hasta que la última prenda cayó al suelo y los dos quedaron desnudos.

Impaciente, Rocco apartó la sábana de un manotazo antes de tumbarla sobre la cama, levantando sus brazos sobre la cabeza como si fuera una antigua virgen en el altar del sacrificio. ¿Y no se sentía ella un poco así mientras lamía sus pezones y deslizaba la lengua por su estómago para rozar el hueco de su ombligo? Se sentía primitiva, excitada, y de algún modo aquello le parecía inevitable.

Contuvo el aliento mientras Rocco trazaba un camino sinuoso con la lengua entre sus abiertos muslos, tocando por fin el excitado capullo hasta que le rogó que dejase de atormentarla. Lo deseaba. Lo quería dentro de ella.

—¿No puedes esperar, *cara*?

—¡No!

—Ya lo veo —Rocco se rio, exultante, mientras se ponía el preservativo y se colocaba sobre ella.

—Rocco... —gimió Nicole, levantando las caderas.

La llenó con una furiosa embestida y abrió los labios para gritar de placer, pero él la silenció con la urgente presión de los suyos.

Nunca había experimentado nada tan intenso. Tal vez porque era la primera vez que de verdad se sentía como una amante capaz de darle placer. Tal vez porque se sabía capaz de estar a la altura de la situación, en lugar de ser la amante o la esposa felpudo.

Nicole sacudió la cabeza de un lado a otro sobre la

almohada mientras Rocco empujaba una y otra vez, llevándola al borde del abismo. Cuando por fin no pudo aguantar más se dejó ir y, casi inmediatamente, sintió a Rocco sacudiéndose dentro de ella mientras dejaba escapar un gruñido que reconocía bien.

Saciado y exhausto, cayó sobre ella con el corazón acelerado y, automáticamente, empezó a acariciar su pelo.

Debieron de quedarse dormidos y cuando Nicole volvió a abrir los ojos vio que Rocco no se había apartado. Estaba besando su cuello, saboreando su húmeda piel con la punta de la lengua.

Si pudieran quedarse así para siempre, pensó. Si todo lo que los había separado no existiera. Pero existía. Porque aquello solo era sexo, nada más. Él no la había engañado, no le había hecho ninguna promesa.

Había reservado una habitación y ella había aceptado el encuentro. Y si en ese momento estaban en situación de igualdad, tal vez podría utilizarlo. Porque no habían terminado la conversación que habían empezado en la terraza.

—Rocco —empezó a decir, trazando con los dedos la sombra de su barba.

—¿Sí?

—¿Puedo hacerte otra pregunta?

Él dejó escapar un suspiro de impaciencia.

—Si te digo que no, ¿dejarás de hacerla?

—No.

—Ya me lo imaginaba —Rocco se apartó de ella—. ¿Qué quieres saber?

Si hubiera tenido tiempo para prepararse, pensó Nicole. Como cuando ibas al médico y anotabas todos tus síntomas en un papel para no olvidarlos. Pero no lo había preparado y las palabras salieron de su boca a toda prisa.

—Antes has reconocido que sabías que eras capaz de hacerme daño... ¿sabes por qué eres así?

—No es mi intención hacerle daño a nadie —respondió él—. Sencillamente, soy incapaz de satisfacer las expectativas de las mujeres, que siempre son muy previsibles.

—¿Ah, sí?

—Las mujeres quieren amor y yo no me enamoro.

—¿Por qué no?

Él se quedó pensando un momento.

—Porque no puedo —respondió por fin—. Es como alguien que ha nacido sin el sentido del olfato... si le ofreces una rosa estarás perdiendo el tiempo. No siento lo que otras personas dicen sentir. Échale la culpa a mi infancia, si quieres. Tal vez haya que ver algo para poder experimentarlo y en mi casa no había amor... al menos entre mis padres. El suyo era un matrimonio de conveniencia.

—Entiendo —murmuró Nicole. Tal vez estaba cumpliendo un patrón familiar cuando se casó con ella, pensó. ¿Era por eso por lo que le había escrito pidiéndole que volviese, porque creía que era su deber hacerlo?, se preguntó—. ¿Tus padres no fueron felices?

—No, no lo fueron.

—Pero nunca pensaron en divorciarse.

—¿Con tres hijos? —Rocco hizo una mueca—. No, nunca. El divorcio no estaba bien visto, especialmente en Sicilia. Me imagino que el resentimiento fue una de las razones por las que decidieron vivir peligrosamente.

Nicole cambió de postura, apoyando un brazo sobre la almohada.

—¿Qué quieres decir?

Él se volvió para mirarla y Nicole creyó ver un brillo de vulnerabilidad en sus ojos, pero desapareció enseguida.

—Supongo que era una forma de descargar adrenalina. Para no romper sus promesas matrimoniales optaron por practicar deportes de riesgo. Ya sabes, el tipo de actividades que hacen que el seguro de vida se ponga por las nubes: lanzarse en paracaídas, buceo libre, de todo. Cuando murieron en ese accidente fue un golpe terrible para mí, pero llevaba mucho tiempo temiendo que ocurriese.

Nicole contuvo el aliento. No quería decir nada que rompiese aquel frágil capullo de intimidad. Se preguntó por qué nunca le había contado eso, por qué nunca le había hecho confidencias.

Porque no tenían ese tipo de relación, pensó entonces. Estaban a punto de romper cuando descubrió que estaba embarazada y después de eso lo único que importaba era el bebé. Nunca se habían hecho confidencias. Solo ahora, cuando su relación estaba a punto de finalizar, Rocco parecía dispuesto a revelar algo del hombre que había bajo la máscara de éxito que presentaba ante el mundo. Demasiado poco, demasiado tarde, pensó.

—Lo siento mucho —susurró.

—No quiero tu compasión —se apresuró a decir él.

—No es compasión, es comprensión.

—Da igual cómo lo llames, no lo quiero. Todo eso ocurrió hace mucho tiempo y creo que deberíamos dejar el tema de la muerte, ¿no? –Rocco disimuló un bostezo mientras miraba el reloj–. Será mejor que nos vistamos, voy a pedir un coche.

Hablaba con tono desdeñoso y Nicole se dio cuenta de que estaba cambiando de tema deliberadamente. Diciéndole que se guardase su compasión y su consuelo, pero ella no había terminado. Aún no.

–Solo una pregunta más.

En esa ocasión, Rocco ni siquiera intentó disimular su impaciencia.

–Esto empieza a ser aburrido.

–Necesito saber algo más y esta podría ser mi última oportunidad de preguntar –insistió ella–. ¿De verdad solo me has traído aquí para conseguir ese acuerdo?

En los ojos de color zafiro apareció un brillo de sorpresa.

–Probablemente habría conseguido el trato sin tenerte a mi lado, pero digamos que tu presencia era una medida de precaución.

–¿Eso es todo?

–Esa era la idea, sí.

–¿Y ahora?

Rocco se encogió de hombros.

–Una vez que llegaste aquí, me di cuenta de que habíamos dejado un asunto pendiente.

A Nicole se le aceleró el corazón.

–¿Te refieres al sexo?

Rocco hizo una pausa.

–Sí, a eso me refiero. Ha pasado mucho tiempo desde la última vez que tuve intimidad con una mujer –dijo, mirándola a los ojos–. Desde la última vez que nos acostamos juntos, por si estás interesada.

–No lo estoy –se apresuró a decir ella, preguntándose si sabría que era mentira.

–Me parecía una pena negarme algo que los dos queríamos –siguió Rocco, pensativo–. Siempre fuiste mi mejor amante y quería saber si eras tan sexy como recordaba... y lo eres –agregó, riéndose amargamente–. Pero no es nada más. Solo deseo empujado por la curiosidad.

–No te andas con miramientos.

–No hagas preguntas si no quieres conocer las respuestas –replicó él.

Pero, mientras la miraba vestirse, Rocco experimentó cierta frustración. Había pensado que el sexo sería un final satisfactorio para su fracasado matrimonio. Sin embargo, no había sido así. Había terminado siendo algo más que físico. Le había dado valor a Nicole para hacerle preguntas y esas preguntas habían hecho que le abriese su corazón, que le contase cosas, que sintiese cosas. Cosas que no quería sentir.

Rocco apretó los labios mientras tomaba el teléfono, cerrando los ojos para no ver a Nicole deslizando las braguitas blancas sobre sus pálidos muslos.

Nicole se puso el sujetador intentando que sus manos dejasen de temblar e intentando ignorarlo mientras Rocco hablaba en francés por teléfono, como si ella no estuviese allí, como si fuese una fulana a la que había llevado al hotel.

La revelación de que no había habido otra mujer desde que se separaron no era suficiente para calmar su furia. Había sido una tonta. Se lo había puesto muy fácil y él había aprovechado la oportunidad de solucionar un asunto pendiente, como él mismo lo había descrito.

Pero ella se sentía como si la hubiesen abierto en canal, dejándola dolida y rota, vacía. Se puso el vestido e intentó alisar las arrugas con la mano. ¿Por qué no se había dado cuenta de que la intimidad física con Rocco la llevaría a un sitio que no era seguro? Se había esforzado tanto para olvidarlo... y no había servido de nada porque en aquel momento se sentía más vulnerable que nunca.

Y aún tenía que soportar el cóctel en el yate esa noche.

Le ardían las mejillas mientras atravesaba el vestíbulo del hotel con el vestido arrugado, viendo la sonrisa de complicidad del conserje. Y cuando salió a la calle llena de sol se dio cuenta de que, de nuevo, Rocco no la había besado.

Capítulo 9

LAS OLAS golpeaban rítmicamente el casco del yate y, a lo lejos, las luces de la costa brillaban como diamantes.

Rocco Barberi miraba a sus invitados, que charlaban y bebían champán, preguntándose por qué se sentía como un espectador en su propia fiesta. Los camareros no dejaban de servir ostras frescas y blinis con caviar y uno de los más famosos *dealers* de Montecarlo hacía trucos de cartas que eran recibidos con gritos de incredulidad. La fiesta estaba siendo un éxito.

Poco antes, Marcel Dupois lo había llevado aparte para decirle que estaba satisfecho con su oferta y no veía razón para retrasar la firma del acuerdo.

Rocco debería estar brindando por el éxito y haciendo planes para el futuro, como hacía siempre.

Entonces, ¿por qué no estaba entusiasmado?

¿Por qué demonios estaba tan tenso?

Pero él sabía por qué. La culpable estaba delante de él: Nicole, con un vestido ajustado de color rojo que, al parecer, había hecho ella misma, como el vestido blanco que llevaba por la mañana. Nicole, que tenía a todo el mundo comiendo de su mano con un nuevo despliegue de simpatía, en marcado contraste con la expresión helada que le había dedicado desde que salieron del hotel.

¿Estaba enfadada con él por ser tan franco? Su fría actitud parecía dejar eso claro. En cuanto llegaron a casa había subido a su habitación con la excusa de que tenía que arreglarse y, mientras iban al puerto en la limusina, se había pasado todo el tiempo jugando con el móvil y actuando como si él no estuviera allí.

Pero en cuanto pusieron un pie en el yate había florecido y su belleza atraía las miradas de hombres y mujeres. Con los rizos de color caoba iluminados por la suave luz parecía un ángel oscuro y Rocco se encontró preguntándose si la gente detectaba su natural sensualidad, como si lo que habían hecho después de comer se manifestase en su apariencia.

Rocco apretó la barandilla, lamentando amargamente haberle contado tantas cosas. Cosas sobre sus padres, sobre la falta de amor. Cosas que Nicole no tenía por qué saber.

Annelise Dupois le dio un golpecito en el brazo.

—Es encantadora —le dijo, señalando a Nicole—. Mi marido y yo estábamos diciendo que eres un hombre afortunado.

Por una vez en la vida, Rocco no sabía qué decir. ¿Era afortunado? ¿Era una suerte que Nicole hubiese adquirido el poder de hacerle sentir cosas que no quería sentir?

—Tengo entendido que tu mujer y tú estáis separados.

Annelise se había alejado y Javier Estrada eligió ese momento para interrumpir sus pensamientos. La pregunta, supuestamente inocente, era desmentida por el brillo de interés de sus ojos negros y eso sacó a Rocco de sus casillas. Él conocía la reputación de mujeriego del magnate sudamericano y no tenía intención de darle luz verde en lo que se refería a Nicole. Las cosas podían estar a punto de romperse para siempre entre ellos, pero no tenía intención de dejar que un hombre como Estrada intentase conquistarla.

—No, ya no, nos hemos reconciliado –respondió con frialdad, sin importarle que fuese mentira.

—Una pena –murmuró Estrada. Y Rocco tuvo que hacer un esfuerzo para no tirarlo por la borda. O, mejor aún, lanzarse él mismo.

Por suerte, Estrada se alejó y, cuando una guapa camarera le ofreció una copa de champán, Rocco hizo un gesto impaciente con la mano. No quería comer ni beber, no quería bailar al ritmo del cuarteto de cuerda que entretenía a los invitados. Lo único que parecía capaz de hacer era pensar en la mujer con la que se había casado y preguntarse si se había vuelto loco cuando exigió que lo acompañase ese fin de semana.

No había esperado que fuese tan...

Rocco sacudió la cabeza. Era un problema, sencillamente. No había tenido expectativas sobre Nicole. Incluso cuando descubrió que su deseo era tan potente como antes, había pensado que acostarse con ella era lo único que necesitaba. Le había parecido una solución sencilla para desahogar su frustración y olvidar de una vez a la esposa que lo había abandonado, pero no estaba siendo así.

Lo había hecho todo mal y aquel fin de semana estaba siendo algo inesperado. Sentía como si Nicole le quitase capas de sí mismo, dejándolo en carne viva y revelando una faceta de su personalidad que siempre había mantenido escondida. ¿Cómo había pasado?, se preguntó.

Pero en realidad lo sabía: Nicole había cambiado. Ya no era la mujer insegura que lo miraba con ojos de reproche, la joven inocente que accedía a todas sus peticiones sin dudarlo. Aquella nueva Nicole se portaba como si romper su matrimonio le hubiese dado valor para ser ella misma.

Como si él hubiera estado reteniéndola.

Rocco apretó los labios. Daba igual. Pronto se habría ido y se olvidaría de ella. Por la mañana la metería en un avión con destino a Inglaterra, firmaría los papeles del divorcio y todo habría terminado.

Fin.

En ese momento, Anna Rivers pasó a su lado esbozando una coqueta sonrisa. A pesar de saber que estaba casado, la invitación de sus ojos era innegable, pero Rocco no estaba interesado. No quería saber nada de mujeres por el momento.

Una vez que Nicole se hubiera ido retomaría sus aventuras con mujeres que sabían lo que podían esperar de él; mujeres con carreras y vidas propias a quienes podía tomar o dejar cuando quisiera. Nada de mujeres que intentaban meterse bajo su piel y lo obligaban a hacerse preguntas.

En cuanto terminase la fiesta le daría las buenas noches y, por la mañana, se habría ido a la oficina antes de que se despertase. Aunque sin duda era la mujer más sexy de la fiesta, no compartiría su cama esa noche. Era demasiado turbadora, demasiado... intensa. Ese modo suyo de arrullarle al oído cuando estaba dentro de ella, el suave abrigo de sus muslos alrededor de la espalda mientras la cabalgaba...

Un ansia inesperada le calentó la sangre, pero la sofocó deliberadamente. Llevarla allí había sido un error, tuvo que admitir. Y mayor error aún haber tenido intimidad con ella de nuevo.

El móvil empezó a vibrar en su bolsillo y cuando vio el número de Sicilia se puso alerta de inmediato. ¿Sería su abuelo?, se preguntó, con el corazón encogido de instintivo miedo mientras seguía a Anna Rivers hacia la cubierta inferior. Pasó al lado de la actriz sin verla para dirigirse al santuario de su despacho y llamar al complejo Barberi, a las afueras de Palermo.

Maria, el ama de llaves, respondió a la primera señal y Rocco no perdió el tiempo en saludos.

—¿*Nonno*? —le preguntó.

—Tu abuelo está enfermo —dijo Maria.

—¿Muy enfermo?

—Tiene fiebre. Una infección, ha dicho el médico. Lo hemos llamado enseguida.

Rocco apretó el teléfono.

—¿Y cómo está ahora?

—Le han puesto medicación y hemos contratado a una enfermera. Está con él ahora mismo y yo también —la mujer hizo una pausa—. ¿Vas a venir a casa, Rocco?

—Por supuesto que sí —respondió él. Al fondo le pareció escuchar la voz de su abuelo, más débil que nunca—. ¿Qué dice?

Maria se aclaró la garganta antes de responder:

—Quiere saber si te has reconciliado con tu mujer.

—¿Qué?

–Michèle mencionó que Nicole estaba contigo en Mónaco.

Rocco maldijo en silencio. ¿Qué derecho tenía su ayudante a informar a su familia? Tendría que hablar seriamente con ella, pensó. Pero eso tendría que esperar.

–Quiere que respondas a su pregunta –insistió María–. Y tú sabes que no descansará hasta que lo hagas.

Rocco miró a su alrededor. Si otra persona le hubiera hecho esa pregunta lo habría mandado al infierno, pero con su abuelo era diferente. Turi ocupaba un sitio en su vida que nadie más podía ocupar. Había estado a su lado y al lado de sus hermanos cuando su mundo se hundió. Había sido su ancla y podría estar muriéndose.

Angustiado, intentó concentrarse en el elegante despacho, desde el que llevaba algunas de sus más audaces transacciones, pero la brillante teca y los premios de las estanterías no contaban para nada.

El éxito, el dinero, nada tenía importancia en ese momento.

–No –respondió por fin, con voz ronca–. No nos hemos reconciliado.

Maria habló un momento con su abuelo, pero Rocco no necesitaba que Maria volviese al teléfono para decirle lo que ya había oído.

–Quiere verla, Rocco. Quiere que la traigas a Sicilia.

La fiesta estaba en todo su apogeo y Nicole intentaba escuchar lo que el francés con la corbata de pajarita estaba diciendo. Sabía que era un accionista que veía la puja de Rocco de modo favorable. Sabía eso porque se lo había dicho, aunque seguramente no debería, pero él, como todos los demás, parecía beberse el caro champán como si fuera agua.

No era capaz de concentrarse en la conversación porque no podía pensar en nada que no fuese que Anna Rivers acababa de bajar a la cubierta inferior con Rocco siguiendo su estela y que los dos habían desaparecido durante un rato.

Se dijo a sí misma que no importaba dónde hubiera ido o con quién, pero no era cierto. Debía reconocer que le importaba, aunque era una estupidez. El sexo ardiente de esa tarde no le daba ningún derecho sobre él cuando ni siquiera la había besado. Y eso le decía lo que de verdad sentía por ella, ¿no?

Le ardía la cara mientras se dirigía al otro lado de la cubierta, donde todo estaba más tranquilo. ¿Sabría Rocco que el trato estaba prácticamente firmado? ¿Habría decidido que ella era una carga?

Probablemente. ¿Qué había esperado, que la tratase con respeto cuando había caído en sus brazos como si nada hubiera pasado?

Rocco apareció entonces, guapísimo con su esmoquin y el pelo negro brillante bajo las luces del yate. Estaba mirando a su alrededor, como intentando localizar a alguien, y cuando la vio se dirigió resuelto hacia ella. El vuelco instintivo de su corazón fue reemplazado por un mal presagio al ver su expresión seria.

—¿Qué ocurre? —le preguntó en cuanto llegó a su lado.

—Acabo de hablar con Sicilia. Mi abuelo está enfermo.

Nicole contuvo el aliento. Aunque no debería sorprenderle porque Turi era un hombre mayor. Pero algunas personas parecían indestructibles y el patriarca de la familia Barberi era una de ellas. Intentó imaginarse el complejo Barberi sin Turi al timón y era incapaz de hacerlo.

Sabía lo duro que sería para Rocco y sus hermanos perder al hombre que lo había sido todo para ellos, la piedra angular de sus vidas.

—Lo siento mucho —le dijo, mirándolo a los ojos—. ¿Está muy mal?

—No lo saben. Mi hermano está en Sudamérica y mi hermana en Los Ángeles. Los dos se han puesto en camino, pero son vuelos muy largos y mi abuelo necesita tener a alguien a su lado ahora mismo. Me voy a Sicilia en cuanto el piloto me diga que tenemos permiso para despegar. Michèle se encargará de organizarlo todo.

—Sí, claro —asintió Nicole, rezando para que llegase a tiempo de ver a su abuelo con vida.

Pero entonces se le ocurrió que aquella era la última vez que iba a verlo y no estaba preparada para el dolor que experimentó. De verdad era un adiós, pensó, y estaba a punto de decirlo cuando Rocco añadió:

—Quiere verte, Nicole.

—¿Quién?

—Mi abuelo. He hablado con Maria y mi abuelo ha dicho que quiere verte.

—¿A mí? —Nicole ni siquiera intentó disimular su sorpresa porque no había tenido una relación cercana con el octogenario patriarca, por mucho que lo intentase—. Pero... ¿por qué?

–¿Quién sabe? –dijo él, tirando impaciente de su corbata como si estuviera estrangulándolo–. Turi es muy especial, siempre lo ha sido –Rocco hizo una pausa–. ¿Vas a venir, Nic?

–¿Tú quieres que vaya? –le preguntó ella, intentando no dejarse afectar por ese apodo que no había usado en tanto, tanto tiempo.

Él pareció endurecer su corazón antes de negar con la cabeza.

–No, la verdad es que no. Creo que los dos sabemos que tú y yo hemos llegado al final del tramo, pero mi abuelo podría morir en cualquier momento y yo no soy nadie para negarle su último deseo a un moribundo.

La miraba directamente a los ojos, como si estuvieran solos en una habitación y no en un yate lleno de gente, en medio de un cóctel.

Nadie podría acusar a Rocco de mentir o de que le importase cuánto daño hiciesen sus palabras. Sin embargo, tras esa franca afirmación podía ver una vulnerabilidad que, por una vez, no se molestaba en ocultar. Tal vez no podía ocultarla.

En ese momento la necesitaba como ella siempre había querido que la necesitase, pero, como todo lo demás, llegaba demasiado tarde.

Volver a Sicilia reabriría viejas heridas, pero... ¿qué otra cosa podía hacer? Su conciencia le decía que no podía negarse. Iba a hacerlo por un hombre enfermo, sí, pero también por Rocco. Porque no podría vivir consigo misma si le decía que no.

–Por supuesto que iré –dijo por fin.

–*Grazie* –Rocco asintió con la cabeza–. No hay

tiempo para volver a casa, pero puedo pedirle a Michèle que guarde algunas cosas en tu maleta y la lleve
al aeropuerto.

–Muy bien.

–Entonces, vamos –dijo él, con tono seco.

Bajaron del yate sin despedirse de nadie, pero Nicole veía a la gente murmurando y riendo. ¿Pensarían
que estaban escabulléndose para celebrar el trato, o
tal vez su reconciliación?

En el fondo, ella desearía que fuese una reconciliación de verdad en lugar del frío acuerdo de solucionar
un asunto pendiente. Aceptando volver a un sitio que
tenía tan tristes recuerdos para ella, un sitio donde no
había sido más que una intrusa, se arriesgaba a hun-
dirse aún más. ¿Recordaría eso Rocco y cuidaría de
ella o la echaría a los leones, como había hecho dos
años antes?

Cien preguntas daban vueltas en su cabeza mientras el avión privado ascendía por el oscuro cielo de
Mónaco. Tal vez debería hablarle de sus preocupacio-
nes, pero su perfil era duro, inflexible. Rocco estaba
preocupado por su abuelo y el vuelo transcurrió en un
incómodo silencio.

Capítulo 10

AÚN NO había amanecido cuando el avión aterrizó en Sicilia y Nicole respiró el aire perfumado que recordaba tan bien. Olía a limón, a jazmín y a tierra tostada por el sol.

Y las estrellas en la isla siempre parecían más brillantes que en cualquier otro sitio. Tal vez porque había menos luces alrededor.

De repente, los recuerdos empezaron a bombardearla. Recuerdos que tenían el poder de encogerle el corazón. Lo que había sentido por Rocco cuando la llevó allí, cómo la había besado, diciéndole que intentaría ser el mejor padre posible. Con qué ilusión había imaginado un futuro para los tres, Rocco, ella y su hijo.

Sacudió la cabeza entonces, sorprendida por una poderosa punzada de anhelo. ¿Era el instinto de supervivencia lo que le había hecho olvidar las cosas positivas de su matrimonio, esperando que eso hiciera más fácil olvidarse de él?

Un coche los esperaba en la pista, con un chófer tras el volante al que Nicole reconoció. El hombre la saludó con la cabeza y, cuando Rocco empezó a hablar en el dialecto de la zona, ella se dedicó a mirar el campo siciliano por la ventanilla.

Miró los olivos que flanqueaban la carretera, sus hojas de un tono metálico brillante bajo la luna, sus frutos diminutos, aún verdes. El campo le resultaba poco familiar en la oscuridad, pero la enorme finca de los Barberi estaba exactamente como la recordaba. La verja electrónica se abrió y Nicole vio ante ella las residencias que formaban el complejo. A esa hora en un día normal la casa principal solía estar a oscuras, pero las luces en las ventanas indicaban que la situación no era normal.

Rocco se volvió hacia ella cuando el coche se detuvo en el patio de entrada.

–¿Por qué no entras y te acomodas?

–Muy bien.

–Yo voy a ver a Turi. Si quieres comer o beber algo, pídeselo a Maria.

¿Había un brillo de miedo en sus ojos mientras abría la puerta, miedo a enfrentarse con la mortalidad de alguien a quien quería tanto? Impulsivamente, tomó su mano y se la apretó por un momento. Rocco esperó un segundo antes de devolverle el apretón y Nicole pensó en lo extraño que era que un gesto tan pequeño pudiera ser más íntimo que el sexo.

–Dale un beso a Turi de mi parte –dijo con voz ronca.

–Lo haré.

Tras tomar su maleta, Nicole atravesó el patio y entró en la casa donde Rocco y ella habían empezado y terminado su matrimonio. Las luces de seguridad se encendieron, iluminando el edificio con un halo dorado.

«Nuestra casa», había dicho Rocco. Pero en realidad nunca había sido su casa, ¿no? Y, desde luego, nunca le había parecido un hogar. Estaba llena de muebles antiguos y oscuros que habían pertenecido a la familia durante décadas y el estilo era opresivo, pero entonces era demasiado tímida como para sugerir algún cambio. Demasiado tímida para todo en realidad. Lo cierto era que se sentía eternamente agradecida porque Rocco no la había apartado de su lado cuando se quedó embarazada.

Entró en el vestíbulo y empezó a reencontrarse con el sitio, intentando mantener la calma. La habitación que habían designado como habitación para el niño no parecía la misma. La cuna había desaparecido y también el móvil de animalitos que había comprado en Inglaterra. Todo había desaparecido. Las paredes estaban pintadas en un tono neutro en lugar del alegre amarillo y, aunque había un par de cómodos sillones y un sofisticado sistema de sonido, no parecía una habitación que usara nadie.

Porque Rocco ya no vivía allí, pensó entonces. Y nunca le había dicho por qué se había marchado.

Entró en el baño para darse una larga ducha y el agua jabonosa cayendo por su acalorada piel la hizo sentir relativamente humana otra vez. Después, abrió la maleta y sacó una camiseta que iba a usar como camisón, pensando que debería permanecer despierta por si volvía Rocco.

Pero estaba agotada. Habían pasado tantas cosas en tan poco tiempo...

Incapaz de entrar en el dormitorio principal, tomó una manta y se tumbó en uno de los sofás del saloncito, bostezando e intentando mantener los ojos abiertos. Pero Rocco no volvió y los minutos pasaban...

De repente, sintió el calor del sol en la cara. Parpadeando, se levantó del sofá. Había dejado las persianas levantadas y el sol siciliano bañaba la casa. El cielo era de un azul profundo, sin nubes, y a lo lejos podía oír el tañido de unas campanas. Los pájaros cantaban como locos y, por alguna razón, la belleza del paisaje la animó.

Se puso unos tejanos y una camiseta y, mientras se cepillaba los rizos, pensó en Turi, ofreciendo una silenciosa plegaria para que hubiese superado esa noche.

Le apetecía tomar un café, pero sabía que no podía seguir retrasando ir a la habitación que había pensado no volver a ver nunca. El pulso le latía en las muñecas mientras entraba en el dormitorio que había compartido con Rocco, una elegante habitación dominada por una antigua cama.

Recordaba lo dulce que había sido con ella, tan protector de la nueva vida que crecía en su interior. Ahora podía entender la razón para tan exagerada delicadeza cuando entonces había temido que su marido ya no la encontrase atractiva. Qué extraño la perspectiva que te daban la distancia y el tiempo.

Miró a su alrededor, intentando deshacer el nudo que tenía en la garganta. En una de las paredes había una fotografía en blanco y negro de Nueva York que ella había admirado durante su luna de miel y que Rocco había comprado en secreto para enviarla allí, con intención de que estuviera esperándolos a su regreso.

El gesto la había emocionado porque pensó que simbolizaba un romántico futuro... un futuro que no se había materializado. Se le encogió el corazón de nostalgia... pero ¿por qué seguía colgando allí? ¿Por qué Rocco no se había deshecho de ella?

No sabía por qué abrió el armario, pero lo que encontró en su interior la inquietó aún más que la fotografía. Porque toda su ropa estaba allí, la ropa coordinada por colores que había sido comprada en las mejores tiendas de Londres. Vestidos, pantalones, faldas, todo combinado con zapatos y accesorios. Entonces detestaba aquellos vestidos y, sin embargo, mirándolos en aquel momento podía ver que, aunque no eran de su estilo, tampoco eran horribles. ¿Por qué había protestado tanto? Porque no los había elegido ella, claro.

Nicole suspiró. El problema no había sido la elección de la ropa, sino ella. Si dejabas que te tratasen como si fueras una muñeca no podías quejarte, ¿no?

¿Se portaría de forma diferente si pudiese volver atrás?, se preguntó. Pero ella sabía la respuesta: por supuesto que sí, aunque seguramente el resultado hubiera sido el mismo porque un matrimonio solo podía funcionar si estaba basado en el amor y Rocco no tenía la capacidad de amar. Él mismo se lo había dicho.

Como si lo hubiese conjurado, Rocco eligió ese momento para entrar en la habitación, con los ojos ensombrecidos por la falta de sueño y expresión seria.

—¿Turi? —le preguntó ella, con el corazón encogido.

—Aguanta como puede, pero está adormilado —Rocco hizo una pausa—. No sé si está lo bastante bien como para verte ahora mismo y...

—Da igual, no te preocupes.

—El médico dice que es fuerte como un caballo y

lleva toda su vida desafiando los pronósticos. Quiere verte, Nic, y yo quiero que te vea.

Estaban siendo amables y civilizados, pero había algo que los dos intentaban pasar por alto.

Mirándolo a los ojos, Nicole se preguntó qué habría pensado Rocco cuando los vio a los dos allí, en su antiguo dormitorio, como fantasmas de las personas que solían ser. ¿Le parecería tan conmovedor como a ella? ¿Recordaría que no todo había sido malo?

Pero nunca haría esas preguntas porque no tenía derecho a hacerlas.

—Voy a darme una ducha —dijo él, levantando las manos para desabrocharse la camisa—. Y luego iremos a la casa principal para desayunar. Maria nos está esperando.

Ver a su marido a punto de desnudarse fue suficiente para que Nicole saliera corriendo del dormitorio. Media hora después estaban sentados en la cocina de la casa principal, con Maria afanándose por atenderlos. El ama de llaves, que llevaba en la casa desde que Rocco era un niño, la saludó con sorprendente afecto, envolviéndola en un fuerte abrazo. Después, se volvió y dijo algo en el dialecto siciliano a lo que Rocco respondió mientras Nicole los miraba, interrogante.

—Dice que el destino de Turi está en manos de Dios —le tradujo él—. Su salud es muy frágil, pero ella está segura de que se recuperará ahora que he vuelto. Y yo le he dicho que si intenta hacerme sentir culpable por mudarme a Mónaco está perdiendo el tiempo —inesperadamente, en sus ojos apareció un brillo de humor—. También quiere saber si te apetece tomar *granita* con el café.

–Me encantaría –dijo Nicole, sentándose frente a él.

Rocco la observó mientras tomaba el famoso *granita* siciliano, que Maria había hecho usando los limones de la finca.

Su abuelo había superado la noche, sus hermanos estaban en camino y el café era fuerte y oscuro. Había muchas razones para dar gracias, pero él seguía más tenso que nunca. ¿Era tener a Nicole allí lo que tanto lo turbaba? ¿Estar sentado frente a ella, con sus oscuros rizos cayendo sobre los hombros y esos rosados labios tan apetitosos?

Dejó la taza sobre la mesa de golpe, enfadado consigo mismo porque no podía sentir deseo cuando su abuelo estaba moribundo en el piso de arriba.

Pero la deseaba, ese era el problema. El deseo estaba ahí, omnipresente, formaba parte de él como la sangre que latía en sus venas.

Miró a su mujer meterse un trozo de *ciambella* frita en la boca e intentó no dejarse distraer por las curvas de sus pechos que empujaban contra la sencilla camiseta. Era cautivadora y, de repente, se encontró preguntándose qué demonios iba a hacer con ella todo el día mientras estaban allí... si descontaba lo más obvio.

En circunstancias normales no sería un problema encontrar algo en lo que ocuparse, pero aquello era diferente. Por una vez, Rocco no podía refugiarse en el trabajo. No podía dejarla sola mientras él se encerraba en el despacho, ¿no?

Si la llevaba al pueblo o a Palermo, por la tarde toda la isla sabría que Rocco Barberi había vuelto con su mujer. Y eso no iba a pasar porque no era verdad.

—¿Por qué no vamos a dar un paseo por la finca?

De inmediato, vio que la expresión benigna de Nicole se convertía en una de recelo. ¿Estaría recordando cómo había terminado su paseo por Montecarlo, con él reservando una habitación después de comer, una flagrante invitación para el sexo? ¿Era por eso por lo que esbozó una fría sonrisa?

—Sí, claro. ¿Por qué no?

En esa ocasión no tenía que mostrarle algo nuevo porque Nicole conocía bien la finca. No tuvo que señalar el camino cuando sugirió ir al huerto porque ella giró hacia la izquierda automáticamente. Había sido fácil olvidar que su mujer había vivido allí. Demasiado fácil quizá.

Para sorpresa de Rocco, la mañana transcurrió con sorprendente naturalidad. El entusiasmo de Nicole parecía auténtico mientras admiraba el paisaje verde y terracota e incluso recordaba la palabra en italiano para «cabra». La vio reírse mientras señalaba a las flacas criaturas que mordisqueaban la hierba en el prado.

Pero, cuando llegaron al olivar y estaba felicitándose a sí mismo por haber conseguido controlar unas horas sin drama, ella le hizo una pregunta que debería haberse esperado.

—¿Cuándo te fuiste a vivir a Mónaco? ¿Y por qué te fuiste de Sicilia cuando es un sitio al que quieres tanto?

Rocco se tomó su tiempo antes de responder, inclinándose para estudiar los rosales que habían plantado frente a las filas de olivos y que servían para que los insectos se alejasen de las aceitunas. Satisfecho con el trabajo del jardinero, se irguió, pasándose las manos por los muslos.

–Porque mis oficinas están en Londres y Mónaco y así no tengo que viajar tanto.

–¿Y tu abuelo no...? –Nicole se encogió de hombros–. ¿No te echa de menos?

–Supongo que sí, pero enseguida se acostumbró. Además, mi hermana vive aquí. Lo último que Turi querría es que me quedase en Sicilia solo para cumplir con mi deber.

Rocco apretó los labios. Porque había sido absuelto de su deber. Había hecho todo lo que pudo desde los catorce años y Turi lo entendía.

Impaciente, miró su reloj, queriendo poner fin a aquella conversación y detener la extraña introspección que parecía afectarlo cuando estaba con Nicole.

–La enfermera ha dicho que podíamos ir a verlo antes de comer, aunque esté dormido. ¿Volvemos a la casa para tomar algo antes?

–Sí, por favor. Me gustaría arreglarme un poco.

De vuelta en la casa, Rocco decidió aprovechar la oportunidad para mirar su correo mientras Nicole iba a cambiarse y estaba pasando frente a una de las habitaciones cuando un movimiento hizo que girase la cabeza.

Había pensado que Nicole usaría su antiguo dormitorio, aunque sabía que no había dormido en la cama esa noche.

Cuando asomó la cabeza vio que estaba intentando abrocharse un vestido. La vio alargar las manos hacia atrás y, aunque sabía que era un error, entró en la habitación. Era como si hubiese dado marcha atrás al reloj, como si fuera su marido de nuevo. Como si tuviera derecho a tomar parte en los rituales íntimos que eran parte de todo matrimonio.

—¿Necesitas ayuda?

Ella giró la cabeza y una ráfaga de emociones cruzó su rostro. Arrugó la nariz, pero luego, como si se lo hubiera pensado mejor, asintió en silencio. Como si hubiera decidido que era una tonta por estar peleándose con la cremallera cuando había alguien dispuesto a ayudarla.

Pero no fue tan sencillo.

Rocco no pensaba seducirla en ese momento, pero en cuanto sus dedos rozaron la sedosa piel sintió que estaba perdido. Tal vez a ella le pasó lo mismo porque la oyó contener el aliento. Y así, de repente, en lugar de subir la cremallera empezó a bajarla. Hasta abajo, hasta la curva de su espalda y luego más allá. Solo hacía falta un ligero tirón para dejar que el vestido cayera al suelo, pero se detuvo antes de hacerlo. Le dio tiempo suficiente para apartarse, regañarlo o preguntarle qué demonios estaba haciendo.

Pero Nicole no hizo nada de eso. Suspiró, jadeante, y no dijo nada mientras él la rodeaba con las manos para acariciar sus pechos. Su erección era casi dolorosa mientras empujaba contra la delicada ropa interior y pensó que tal vez sería mejor si hacía aquello casi... anónimamente. Podría empujarla contra la pared y bajarle las bragas antes de liberarse a sí mismo. Podría entrar en ella por detrás, tomarla rápidamente y darles placer a los dos sin intercambiar una sola palabra. Ni siquiera tendrían que mirarse. Y después actuarían como si no hubiera pasado nada. No volverían a hablar de ello. Lo había hecho con otras mujeres, pero nunca con Nicole.

Y no quería hacerlo. Con ella no. Dejando escapar

un gemido, le dio la vuelta para buscar sus ojos oscurecidos y tan llenos de promesas sensuales como había esperado. Luego se inclinó para tomarla en brazos y la llevó a la cama.

–Te deseo –dijo con voz trémula mientras la dejaba sobre el edredón bordado. Se quitó la camisa a toda velocidad, sin importarle que los botones saltasen a un lado y a otro.

–Y yo te deseo a ti –murmuró ella.

–Nicole... –empezó a decir.

Pero ella lo silenció con un gesto.

–No quiero analizar nada, no quiero promesas que ninguno de los dos podrá cumplir –le dijo–. Solo te deseo a ti, Rocco. Te deseo ahora mismo, nada más.

¿Y no era una ironía que haciendo lo que solía hacer él, separar las emociones de lo que estaba a punto de pasar, de algún modo hubiera aumentado su poder sobre él?

Por primera vez desde que la conoció sentía como si fuera Nic quien estaba al mando, como si todo lo que le había enseñado hubiese cristalizado en ese acto. Era como si lo hiciesen a cámara lenta, como si sus cuerpos estuvieran pegados, sin espacio entre ellos.

La besó y volvió a besarla, rozando sus labios de un modo sugerente hasta que ella abrió la boca para permitir el paso de su lengua.

Nicole dejó escapar un gemido cuando la penetró y él ahogó el sonido con la lenta caricia de sus labios, enredando los suaves muslos en su espalda y empujando una y otra vez. Intentó que durase todo lo posible... hasta que ella gritó de gozo y el grito aceleró su orgasmo. Y entonces dejó de pensar.

Unos minutos después, Nicole esbozó una sonrisa soñadora y, de inmediato, Rocco sintió que volvía a excitarse. Se inclinó sobre ella para buscar sus labios, pero Nicole se apartó sacudiendo la cabeza.

—No —dijo en voz baja.

—¿Por qué no?

—Tú sabes por qué no, Rocco. No deberíamos haberlo hecho una vez... y desde luego no vamos a hacerlo dos veces.

—¿Por qué?

—Hay un millón de razones y no hace falta que las diga en voz alta, pero sobre todo porque tengo que ir a ver a tu abuelo y la enfermera está esperando.

Él asintió con la cabeza.

—Muy bien, ve a ducharte. Yo usaré alguno de los otros baños y te esperaré abajo.

Las palabras de Nicole daban vueltas en su cabeza mientras estaba bajo el chorro de agua y, a regañadientes, Rocco tuvo que admitir que tenía razón. No deberían haberlo hecho. ¿Para qué había servido? Sí, los dos habían gozado, pero su relación estaba rota y las parejas que estaban a punto de divorciarse no mantenían relaciones sexuales.

Cerró el grifo de la ducha y se secó con la toalla, pero se vio sorprendido por una oleada de emoción mientras se vestía. Porque se encontró pensando en el futuro y en lo que pasaría cuando Turi muriese. Aunque se recuperase de aquella infección, su abuelo no iba a vivir para siempre.

Rocco se preguntó entonces cómo sería cuando Turi se hubiera ido y por qué no se había parado a pensarlo antes.

Porque Turi siempre había estado allí. Era un hombre formidable y uno se imaginaba que esos hombres no se morían nunca.

Pero así era.

Se preguntó si sus hermanos esperarían que reemplazase al patriarca de la familia. ¿Y si les decía que no estaba interesado en ese papel, que él ya había dado todo lo que podía dar para mantener unida a la familia?

¿Estaba dándole demasiadas vueltas porque la presencia de Nicole lo tenía perturbado? ¿Y no estaba en peligro de permitir que ella distorsionase su visión de las cosas? Que el sexo con ella fuese fantástico no significaba nada. Estaba seguro de que podría ser igual con otra mujer.

Rocco apretó los labios con renovada resolución mientras escuchaba sus pasos en la escalera.

Cuando Nicole volviese a Inglaterra todo volvería a ser como antes. Entonces podría dejar de cuestionarse todo. Entonces empezaría a acostarse con mujeres que no le volviesen loco.

Rocco apretó los puños.

Cuando Nicole se hubiese ido.

Capítulo 11

QUIERES que me quede? –le preguntó Rocco mientras abría la puerta de la habitación de su abuelo.

Nicole no sabía qué quería mientras entraba en la habitación en penumbra y miraba el cuerpo inerte en la cama. ¿La presencia de Rocco sería consoladora o una distracción? Eso último probablemente, sobre todo después de lo que acababa de pasar.

Un rápido encuentro sexual que la había dejado palpitante y emocionada. No solo por su asombrosa habilidad como amante, que nunca había estado en cuestión, sino por su inesperada ternura; una ternura que hacía que su corazón pareciese a punto de explotar de alegría y romperse de pena a la vez.

Estaba a punto de decirle que prefería entrar sola cuando Turi murmuró:

–Déjanos solos, hijo.

La voz del anciano no era tan sonora como Nicole la recordaba, pero la orden no podía ser ignorada y Rocco asintió con la cabeza.

–La enfermera estará en la otra habitación, si necesitas algo –le dijo a Nicole–. No te agotes, *nonno*.

Turi levantó una mano temblorosa, como pidiéndole que no le diese una charla.

—Ven —dijo el anciano cuando la puerta se cerró.

Nicole se acercó a la cama. En el silencio y la penumbra de la habitación se recordó a sí misma cuidando de su madre adoptiva y, en ese momento, echó de menos a Peggy Watson más que nunca. Cuando llegó al lado de Turi vio que, a pesar de la edad y la enfermedad, los marchitos ojos azules, que una vez debían de haber sido tan parecidos a los de Rocco, eran inesperadamente brillantes.

El viejo patriarca le hizo un gesto para que se sentase.

—Turi —empezó a decir ella, sentándose en una silla al lado de la cama y tomando su arrugada mano—. Ojalá pudiera decir «espero que te sientas mejor» en el dialecto siciliano.

—Creo que es mejor que hablemos en tu idioma. ¿No te parece?

Nicole no pudo ocultar su sorpresa y algo en su tono hizo que sintiera la necesidad de sincerarse con él. Turi se había negado a hablar en su idioma cuando llegó a la casa, incluso rechazó sus intentos de hablar en italiano e insistía en conversar con Rocco en el dialecto de la zona, incomprensible para ella.

—Al contrario que antes, la primera vez que vine a Sicilia —dijo Nicole por fin.

Él asintió con la cabeza.

—Eso fue un error por mi parte, ahora me doy cuenta. Quería que te interesases por la vida de aquí y pensé que imponer una severa disciplina desde el principio era la forma de hacerlo —el hombre dejó escapar un suspiro—. Quería tantas cosas, pero nada salió como yo esperaba. Lo hice todo mal... y también me equivoqué educando a Rocco.

Nicole frunció el ceño.

—¿Qué quieres decir, *nonno*?

—¿Mi nieto te ha hablado alguna vez de su infancia?

—Nunca. Se negaba a responder y me hacía sentir mal por haber preguntado. Solo recientemente me ha contado algo sobre sus padres.

Turi la miró, inquisitivo.

—¿Sabes que tenía catorce años cuando murieron?

—Sí, lo sé.

—Su hermano tenía nueve, su hermana solo cinco y... —el anciano parpadeó rápidamente—. Los niños estaban destrozados y yo no sabía qué hacer. Mi mujer había muerto y yo tenía que llevar un negocio además de cuidar de mis nietos. Me apoyé demasiado en Rocco, ahora me doy cuenta. Le dije... —Turi se interrumpió para pedirle por señas que levantase un poco la almohada—. Le dije que los niños necesitaban un hermano mayor en el que pudieran confiar. Que debía mostrarse fuerte, trabajar y seguir adelante porque eso mantendría unida a la familia. Le pedí que siguiera mi ejemplo y no llorase nunca, que no mostrase sus sentimientos. Y eso hizo. Aprendió bien la lección. Demasiado bien quizá.

«Le pedí que no mostrase sus sentimientos».

Un suspiro escapó de los labios de Nicole. Las palabras de Turi explicaban tantas cosas sobre el hombre con el que se había casado. Por qué se había mostrado siempre distante, por qué era capaz de concentrarse en el trabajo pasara lo que pasara a su alrededor. ¿Era por eso por lo que no había reaccionado como ella esperaba cuando perdió el niño? ¿Por lo que nunca había hablado de ello, ni siquiera durante esa charla de corazón a corazón en Montecarlo, cuando le dio la oportunidad de hacerlo?

—Me imagino que Rocco fue un alumno ejemplar en todo.

—No dejó escapar una sola lágrima —dijo Turi con voz temblorosa—. Al menos, entonces.

—¿Qué quieres decir?

El anciano esperó un momento antes de responder:

—Cuando tú te fuiste, se quedó desconsolado.

Nicole negó con la cabeza. Ni siquiera Turi, un hombre viejo y enfermo, iba a convencerla de eso. ¿Rocco desconsolado? Nunca, ni en un millón de años. Rocco se había apartado. Se había ido a Estados Unidos cuando más lo necesitaba, semanas después de que perdiese el niño, cuando estaba hundida en la más profunda tristeza.

Pero no se lo había dicho. No sabía cómo hacerlo y él no parecía querer que lo hiciera.

Pensó que se había distanciado porque se había casado con ella por obligación y, después de perder el niño, no había razón para que siguieran juntos. Sin embargo, lo que Turi acababa de contarle hacía que lo viese de otro modo. El carácter de Rocco era más comprensible si le había sido inculcado que debía ocultar sus emociones.

No, se dijo. No era así. Turi era un hombre anciano que veía el pasado de forma sentimental, tal vez en un torpe intento de conseguir algo de paz al final de su vida.

No iba a creerlo porque ya había lidiado con su propio dolor y nada se ganaría soñando con lo que nunca podría ser. Siempre sentiría compasión por el dolor de Rocco, pero no volvería a cometer el error de pensar que era capaz de amarla. Rocco era capaz de darle placer, como había demostrado recientemente, pero nada más que eso.

—No te creo —le dijo.

—Es verdad —replicó Turi, con una vehemencia desmentida por su frágil estampa—. ¿Qué podría ganar mintiendo a estas alturas de mi vida? ¿No le has preguntado por qué se fue de Sicilia? ¿Por qué no podía soportar vivir en la casa cuando tú te fuiste? ¿Por qué se ha negado a deshacerse de tus cosas?

Nicole sintió miedo; un miedo motivado por la estúpida y obstinada esperanza. Una esperanza inútil, ella lo sabía mejor que nadie.

Se dio cuenta de que Turi parecía cansado, como si el esfuerzo lo hubiese dejado exhausto, y se levantó para ofrecerle un vaso de agua.

—Me voy, tienes que descansar —le dijo en voz baja.

—Prométeme que le preguntarás por qué —insistió el anciano—. Prométemelo, Nicole. Aunque sé que no tengo ningún derecho a pedirte que me hagas tal promesa.

¿Qué podía decir? ¿Cómo podía negarle nada a un hombre tan enfermo?

—Te lo prometo —le dijo, dejando el vaso sobre la mesilla y depositando un beso en su frente.

El anciano sonrió antes de cerrar los ojos. La enfermera debió de haber oído el ruido de la silla porque entró en ese momento, vestida con un uniforme blanco.

–*Tutto bene, signora*? –le preguntó.

El italiano de Nicole era muy básico, pero hasta ella entendió la pregunta y respondió con un simple: «*Sì, grazie*».

Pero las palabras de Turi le daban vueltas en la cabeza y salió de la habitación sin saber qué hacer o dónde ir. Se dirigió al jardín para intentar ordenar sus pensamientos, aunque le resultaba imposible. No creía a Turi porque no quería creerlo. No se atrevía a creerlo. Aunque lo que había dicho fuese verdad, ¿de qué serviría sacarlo ahora a la luz?

Aunque a Rocco le hubiese importado entonces, desde luego ya no le importaba, ¿no? Él mismo había confesado que la había llevado a Mónaco para acostarse con ella por última vez y así decirle adiós para siempre. Y eso precisamente había hecho. Una hora antes.

Tal vez seguiría acostándose con ella mientras Nicole se lo permitiera, pero si lo hacía estaría abaratando lo que había sentido por él cuando se casaron.

Pero se lo había prometido a Turi, pensó entonces. Le había prometido a un anciano enfermo que le haría a Rocco esa pregunta y tenía que cumplir su promesa.

Maria le dijo que estaba en el limonar y Nicole asintió. Sabía que le gustaba trabajar allí y era uno de los sitios más bonitos de la finca, con un antiguo banco de madera bajo uno de los limoneros más grandes y fragantes.

Rocco la había llevado allí alguna vez cuando volvieron de su luna de miel. Se sentaban en silencio, escuchando el zumbido de las abejas en los arbustos de lavanda, mientras ella intentaba que su estómago se asentase.

Era aquel sitio en el que pensaba cuando hizo su mejor colección de cerámica.

Se le hizo un nudo en la garganta cuando llegó al limonar y vio a Rocco sentado en el banco, con un montón de papeles sobre el regazo. Se había remangado la camisa y recordó esos mismos brazos morenos estrechándola poco antes. Recordó cómo había tomado su cara entre las manos para besarla una y otra vez, como si no pudiera cansarse de sus besos.

¿Y no había pensado entonces...?

No, «pensar» no era la palabra. Le había hecho «sentir» que podría seguir enamorada de él.

Y no lo estaba. Desde luego que no.

—¿Rocco?

Él levantó la cabeza y la miró con expresión seria mientras reunía los papeles.

—¿Cómo está mi abuelo?

—Está bien. La enfermera se ha quedado con él —respondió Nicole mientras se acercaba al banco—. ¿Te importa que me siente contigo?

Rocco se encogió de hombros.

—¿Por qué no?

El tono desdeñoso hizo que Nicole quisiera renegar de la promesa que le había hecho a Turi, pero no podía hacerlo.

Sentándose lo más lejos posible de él, con el corazón acelerado mientras miraba una mariposa volando sobre las flores, intentó encontrar la forma de preguntar sin parecer...

No.

Ya había pasado por eso. Daba igual su reputación

o qué pensara Rocco de ella. Además, pensar en eso era una frivolidad en aquel momento.

Lo que importaba era saber la verdad, fuese la que fuese.

—Turi me ha dicho unas cosas muy interesantes.

La expresión de Rocco se volvió recelosa.

—¿Y crees que a mí me interesará saber qué cosas interesantes son esas?

Nicole sospechaba que no, pero iba a decírselo de todas formas.

—Me pidió que te preguntase por qué te fuiste de Sicilia.

No era lo que Rocco había esperado y esas palabras tuvieron el impacto de una bala. El instinto le pedía que cortase el tema. Debería decirle que eso no era asunto suyo, ni de Turi. Sin embargo, sentía curiosidad.

—Sin duda, mi abuelo tendrá algunas ideas, alguna explicación.

Ella tomó aire y Rocco vio la duda escrita en su rostro.

—Así es, pero no sé si creerlo. Me ha dicho muchas cosas. Parece que se siente culpable por cómo te trató cuando eras un niño.

Él la fulminó con la mirada, como advirtiéndole que estaba cruzando una línea peligrosa.

—Mi abuelo me crio cuando mis padres murieron. ¿Cómo puede sentirse culpable por eso?

—Según Turi, se equivocó al insistir en decirte que no debías mostrar sentimientos ni emociones. Como eras el mayor, te pidió que fueras fuerte por Olivio y Romina.

—¿Y cree que eso me ha malogrado de forma permanente? —se burló él, haciendo un gesto con la mano—. *Madonna mia!* No sabía que, a su edad, Turi se hubiese aficionado a la psicología barata.

Nicole pasó por alto el sarcasmo y siguió mirándolo a los ojos con expresión firme.

—¿Por qué te fuiste de Sicilia?

Rocco apartó la mirada.

—Tal vez no quería quedarme cuando mi querida esposa había desaparecido sin avisar, dejando a toda Sicilia murmurando y a la prensa internacional acampada en la puerta de mi casa. No puedes culparme por querer escapar de ese circo, Nicole. Y ya que hablamos del pasado, ¿por qué te fuiste tú?

—Pensé que eso era lo que tú querías —respondió ella.

—¿Pensaste que eso era lo que yo quería? Eso demuestra lo poco que me conoces —Rocco tomó el fajo de papeles, como si tuviera prisa por marcharse—. Mira, te agradezco mucho que hayas venido a ver a Turi y me alegro de que él se haya desahogado contigo. Tal vez eso lo ayudará a recuperarse, pero ya no hay ninguna razón para que te quedes. Todo ha terminado, ¿no? Firmaré los papeles y tendrás tu divorcio. Mi piloto te llevará de vuelta a Inglaterra en cuanto estés lista. Y como ya tienes hecha la maleta, no creo que haya ninguna razón para quedarte. *Capisce?*

Hablaba a toda prisa, como si quisiera librarse de ella lo antes posible. Era el momento de hacer una salida digna, pensó Nicole. Se despediría de Maria y de Turi y luego tomaría el avión privado de Rocco, un último vestigio de lujo antes de volver a su sencilla vida en Inglaterra.

¿No era eso lo que había pensado hacer?

No, en realidad no. Era lo que había pensado que quería cuando cumplimentó la solicitud de divorcio, pero ya no. Porque estar con Rocco hacía que su mundo cobrase vida, le gustase o no.

El sentido común le decía que debía irse de allí lo antes posible, pero eso no cambiaba la realidad: que le dolía el corazón cada vez que estaba con él. Lo había amado desde el principio y seguía amándolo. Y el amor era una emoción que desafiaba al sentido común, la lógica y la razón.

Antes desconocía la razón por la que Rocco Barberi era un hombre de carácter insondable, pero ahora lo sabía. Pensó en lo solo y desconcertado que debió de sentirse tras la muerte de sus padres, incapaz de mostrar su dolor porque su abuelo le había inculcado la obligación de ser fuerte.

¿No podría ella ayudarlo a tirar el muro tras el que protegía su corazón? ¿No podría intentarlo al menos? Ella había aprendido a articular sus emociones y tal vez podría ayudarlo a hacer lo mismo.

Porque no quería el divorcio. Quería una reconciliación de verdad, no solo de cara a la galería. Tal vez fracasaría, pero podían intentarlo.

Si él quisiera, claro.

Nicole se irguió en el banco, los listones de madera se le clavaban en la espalda.

—No quiero irme, Rocco. Quiero quedarme aquí contigo o volver a Mónaco, como prefieras.

—¿De qué estás hablando?

No era una pregunta, sino un rugido. Parecía enfadado y, tontamente, eso le hizo albergar esperanzas, porque Rocco era frío, medido, controlado.

–Quiero que nos demos otra oportunidad –le dijo, con calma–. Y espero que tú quieras lo mismo.

–¿Te has vuelto loca?

El rugido era más pronunciado ahora y eso le dio valor para seguir. Porque, en realidad, no tenía nada que perder. Si iba a ponerlo todo en juego, el orgullo no tenía sentido. Estaba luchando por su futuro, se dio cuenta entonces; un futuro que le parecía desolado sin Rocco.

–Tal vez un poco –admitió–. Pero quiero contarte un par de cosas que he descubierto desde que volviste a mi vida.

–Nicole...

–Por favor, Rocco, al menos escúchame. Porque ahora me doy cuenta de que yo tengo tanta culpa como tú de lo que pasó –lo interrumpió–. Yo estaba tan agradecida de que te hubieras casado conmigo, tan aliviada de no terminar como mi madre biológica... la pobre debía de estar tan desesperada que me dejó tirada en las puertas de un hospital. Aunque yo nunca hubiera hecho eso –añadió, con fiereza–. Yo me hubiese quedado con nuestro hijo pasara lo que pasara.

–Nicole –dijo Rocco entonces con tono más suave–. Por favor, no hagas esto.

–¡Pero necesito hacerlo! ¿Es que no lo entiendes? Quería que me consolaras cuando perdí el niño, que me dijeras que no pasaba nada, que volveríamos a intentarlo. Después de todo, muchas mujeres pasan por esa experiencia. No es el fin del mundo, aunque lo parezca. Pero tú no te acercabas a mí y yo no te dije que te quería a mi lado. Había crecido en tantas casas de acogida que nunca aprendí el arte de la comunicación. Al contrario, aprendí a ocultar mis sentimientos porque era más seguro. Y como tú mismo dijiste una vez, no puedes leer el pensamiento. ¿Cómo ibas a saber lo que yo necesitaba? Estabas protegiéndote a ti mismo del dolor, intentando no demostrarlo como te habían enseñado a hacer durante toda tu vida...

—No tengo por qué seguir escuchándote —la interrumpió él, con gesto airado.

—Yo creo que sí, Rocco. Creo que esto es algo que hay que decir, pase lo que pase —Nicole tomó aire porque aquello era lo más difícil que había hecho en toda su vida y también, en cierto modo, lo más fácil—. Estoy diciéndote que te quiero, que nunca he dejado de quererte y me gustaría darle otra oportunidad a nuestro matrimonio. Pero una de verdad esta vez.

—¿Y piensas que empezaré a quererte por arte de magia? —exclamó él, incrédulo.

—¿Quién sabe lo que podría pasar si te atreves a dejarme entrar en tu corazón?

—Tú sabes que yo no...

—¿Por qué has conservado todas mis cosas si no te importo? ¿Por qué no te libraste de ellas?

—¿Eso también te lo ha dicho mi abuelo?

Nicole vio que sus pómulos se cubrían de rubor, como si se sintiera descubierto, y pensó que tal vez estaba forzando la situación.

—Puede que lo haya mencionado —admitió—. Mira, no tienes que decir nada ahora mismo. Piénsatelo, solo eso.

—Pareces muy segura de ti misma —dijo él con tono helado—. ¿Qué ha sido de la maleable joven que me hechizó?

–Que se ha hecho mayor –respondió Nicole–. Y esta seguridad solo es un disfraz, Rocco. Por dentro estoy temblando de nervios porque algo en mi corazón me dice que no me rinda –agregó, mirando el cielo azul tras las ramas de los limoneros y respirando profundamente el aroma de las flores–. Así que esto es lo que voy a hacer: reservaré una habitación en Palermo y buscaré vueltos baratos a Gran Bretaña...

–Acabo de decirte...

–Ya sé lo que has dicho y es muy amable por tu parte prestarme tu avión, pero si vamos a separarnos prefiero hacerlo por mi cuenta. Estoy dispuesta a empezar el resto de mi vida como quiero seguir. Te enviaré un mensaje para decirte dónde estoy y qué vuelo he reservado. Si quieres que me quede, si estás dispuesto a abrirme tu corazón... –Nicole tomó aire–. Lo único que tienes que hacer es ir a buscarme.

Rocco reunió los papeles y se levantó con expresión airada.

–Puedo responderte ahora mismo porque la respuesta es muy sencilla, Nicole. Yo no quiero ese tipo de relación, nunca la he querido. Siento mucho todo lo que pasó, pero tendremos que vivir con ello. Tal vez tú tenías razón y debemos rehacer nuestras vidas –le dijo. Una hoja de papel cayó al suelo, pero él no pareció darse cuenta–. La oferta de enviarte a casa en mi avión sigue en pie, pero no voy a obligarte a nada. Eso es todo lo que vas a conseguir de mí –agregó, apretando los labios–. A partir de este momento, tú por tu lado y yo por el mío.

Capítulo 12

LA HABITACIÓN del hotel era limpia y práctica, nada lujosa. Paredes blancas, vigas oscuras en el techo y una cama con un colchón tan duro que parecía de piedra.

Como el corazón de Rocco, pensó Nicole. Aunque no podía culparlo por ser el hombre que era. No podía obligarlo a sentir emociones que era incapaz de experimentar ni obligarlo a intentarlo de nuevo. Porque no era eso lo que quería. Había sido sincera con él hablándole de sus sentimientos y él había sido lo bastante honesto como para decirle que no estaba interesado. Lo único que quedaba por hacer era ser lo bastante adulta como para aceptar la situación tal como era en realidad, no como ella quería que fuese.

Pero cuánto le dolía. ¿Cómo podía dolerle tanto?

Había dejado que Rocco volviese a entrar en su corazón. Había incumplido todas las promesas que se había hecho y estaba pagando un precio muy alto por ello. Todas esas semanas, meses y años intentando olvidar al magnate italiano no habían servido de nada.

Reservó el primer vuelo disponible al día siguiente y, después de cambiarse de ropa, bajó a una pizzería cercana para cenar. Pero, a pesar del delicioso aroma de la pizza *capricciosa*, apenas la probó. Estuvo un rato pensativa, tomando café, y cuando por fin salió de la pizzería se encontró en una pequeña iglesia que había visto al final de la calle.

Entró en el oscuro interior y, mientras admiraba las vidrieras de colores sobre el altar, pensó en Peggy y en los padres de Rocco. Pensó en el hijo que nunca tuvo y encendió una vela por todos ellos. Ese gesto simbólico le dio fuerzas, como si en el parpadeo de la vela hubiese visto lo que tenía que hacer.

Y lo que tenía que hacer era olvidar a Rocco. Olvidarse de su amor y dejarlo libre.

No iba a enviarle un mensaje de texto con el número de su vuelo o el nombre del hotel en el que se alojaba porque ese sería el comportamiento de alguien desesperado, necesitado. Y ella ya no era esa persona. Le había dicho lo que sentía, pero Rocco no compartía sus sentimientos. No podría haberlo dejado más claro y tenía que hacerse a la idea.

Aún tenía una vida por delante, un futuro, aunque fuese un futuro sin él. Volvería a Cornualles y se dedicaría a hacer cerámica. Y no se escondería de lo que había pasado.

Aprovecharía la experiencia, con todo el dolor y el placer que había sentido, y haría una nueva colección basada en las cosas que había visto en Mónaco. Y tal vez algún día sería capaz de pensar en el hombre con el que se había casado sin que se le partiera el corazón.

De vuelta en la habitación del hotel se metió en la cama y escuchó el ruido de la gente que paseaba por la calle hasta pasada la medianoche.

Le pesaban los párpados por la falta de sueño cuando

se despertó al día siguiente y se enfadó consigo misma por la prisa con la que buscó el teléfono. Pero no había ningún mensaje de Rocco preguntándole dónde estaba.

Claro que no. No le había dicho dónde iba a alojarse, pero Rocco tenía el número de su móvil.

¿Cuándo iba a aceptar que, sencillamente, Rocco no la quería?

El taxi que la llevó al aeropuerto olía a tabaco y Nicole se alegró cuando llegaron a la terminal, aunque sabía que se iba de Sicilia para siempre y eso le dolía.

¿No era ridículo que todo le doliese aquel día?, pensó mientras dejaba la maleta en la cinta transportadora. Pero, por una vez, el proceso de seguridad fue muy rápido y embarcó casi enseguida.

Estaba abrochándose el cinturón de seguridad cuando se produjo un alboroto. Algunos pasajeros señalaban las ventanillas, riéndose y hablando en italiano.

Nicole se asomó a la ventanilla para ver qué estaba pasando y le dio un vuelco el corazón. Porque allí, corriendo por la pista como un esprínter, estaba Rocco. Rocco, como nunca lo había visto antes, sin aliento, con gesto angustiado mientras subía al avión.

Unos segundos después se dirigía hacia ella por el pasillo mientras los hombres giraban la cabeza y las mujeres emitían murmullos de admiración.

Irguiéndose en el asiento, Nicole intentó controlar los fuertes latidos de su corazón. ¿Cómo se atrevía a montar aquella escena? ¿Y para qué? Rocco la había rechazado y ella estaba empezando a acostumbrarse a la idea. Y ahora, de repente...

—¿Qué haces aquí? —le espetó.

—Dijiste que me dirías dónde estabas, pero no lo has hecho —la acusó él—. ¡Te he buscado por todos los hoteles de Palermo!

—Lo siento por ti, pero cambié de opinión. Además, tenías el número de mi móvil.

—Y, si te hubiera llamado, seguramente habrías cortado la comunicación o no te habrías molestado en contestar.

—Seguramente —asintió ella, como si le diera igual—. ¿Qué haces aquí? Ayer dejaste bien claro que no estás interesado. ¿Por qué no me dejas en paz para que rehaga mi vida, Rocco?

Él se puso en cuclillas para mirarla de cerca, sus ojos eran como dos rayos láser de color azul.

—Estoy aquí para decirte algo que debes saber... que te quiero, Nicole. Te quiero mucho.

Sus palabras fueron como un trapo rojo para un toro. ¿Cómo se atrevía a decir eso? Furiosa, Nicole negó con la cabeza, apartándose de él como si no quisiera dejarse presionar por su proximidad.

—No me quieres. No quieres a nadie más que a ti mismo.

—Te quiero —repitió él apasionadamente—. Y quiero hacer todas esas cosas que tú sugeriste en el limonar. Empezar de nuevo, estar a tu lado y pasar el resto de mi vida compensándote por todo lo que he hecho mal.

Nicole sacudió la cabeza de nuevo, desesperada. Aquello era una locura. La auxiliar de vuelo estaba hablando por el interfono y en cualquier momento se acercaría para echarlos de allí. Y ella no podía estar comprando billetes de avión todos los días. ¿No se daba cuenta?

—Es demasiado tarde para eso, Rocco. ¿No lo entiendes? Es demasiado tarde.

—No puede ser —dijo él, obstinado.

—Puede ser lo que yo quiera que sea —replicó ella, igualmente obstinada.

Rocco dejó escapar un suspiro, como si hubiera tomado una decisión. Y luego dijo en voz baja:

—En Mónaco, cuando me preguntaste si me había casado contigo solo porque estabas embarazada, te dije que sí. Pero no era verdad. Me casé contigo no solo por la vida que llevabas dentro de ti, sino porque por primera y única vez en mi vida había experimentado *il colpe di fulmine*...

Nicole frunció el ceño cuando, por alguna razón, todos los pasajeros que estaban cerca parecían animar a Rocco en lugar de mostrarse irritados por el retraso.

—¿De qué estás hablando?

—El trueno —respondió él, golpeándose el corazón con el puño—. Cuando el amor golpea como el rayo, tan intenso y poderoso que no puede ser negado.

Nicole parpadeó, atónita. ¿De verdad estaba Rocco Barberi, el hombre de corazón helado, declarando sus sentimientos y su amor por ella delante de un avión lleno de gente?

—¿Por qué te animan los pasajeros? —le preguntó, recelosa.

—Porque los sicilianos son románticos por naturaleza y les encantan las historias de amor.

—Pues lo siento, pero es demasiado tarde. Mira, el piloto viene hacia aquí. Creo que te has metido en un buen lío.

—Por favor, *cara* —insistió él, mirando por encima de su hombro—. ¿No podemos ir a algún sitio para hablar? Soy el propietario de la línea aérea, pero no quiero que el avión pierda su franja de despegue.

¿Era el propietario de la línea aérea?

Nicole lo miró, incrédula.

¿Había alguna forma de escapar a la influencia de Rocco Barberi en aquella isla infernal?

Sabía que debería decir que no. Debería decirle que no lo necesitaba, pero lo quería tanto... Y algo le decía que eso no iba a cambiar nunca.

—Muy bien —asintió por fin, a regañadientes—. Te escucharé, pero no voy a hacerte ninguna promesa.

—Lo entiendo —dijo él, con expresión solemne.

A pesar del aplauso que los acompañó hasta la puerta del avión, Nicole se negó a plasmar el final de cuento de hadas que los pasajeros esperaban: un prolongado beso a cámara lenta. Porque la vida no era un cuento de hadas y seguía sin creer que hubiese un futuro para ellos.

Rocco tomó su mano y, antes de que se diera cuenta, estaban en una sala privada con enormes plantas, sofás y vistas panorámicas de la pista. Pero en lugar de sentirse abrumada de felicidad, como se habría sentido si él hubiera dicho esas cosas dieciocho horas antes, Nicole se sentía... desinflada. Más que eso, estaba furiosa consigo misma por haber bajado del avión sin discutir.

¿No era ahora una mujer decidida y segura de sí misma?

–Di lo que tengas que decir, Rocco.

No era un principio muy prometedor. De hecho, Rocco hasta diría que nunca había visto a Nicole tan enfadada. Tendría que ir más lejos de lo que había planeado, más que nunca. Tendría que arriesgarse porque ella no aceptaría medias tintas.

¿Y por qué iba a hacerlo? Él la había apartado tantas veces, ¿por qué iba a creer que había cambiado a menos que se lo demostrase, a menos que le abriese su corazón, que había permanecido cerrado con llave durante tantos años?

De modo que se armó de valor antes de decir:

–Me has acusado de alejarme de ti cuando nos casamos y tal vez sea cierto, pero no por las razones que tú crees. No era porque no te desease, Nicole. No he dejado de desearte ni un segundo desde que nos conocimos. Me alejé de ti pensando que estaba siendo prudente.

–¿Prudente? –repitió ella, fulminándolo con la mirada.

–No sabía cómo comportarme con una mujer embarazada y, además, estabas enferma tan enferma… El embarazo no fue fácil para ti y pensé que preferirías una enfermera a un marido que no sabía qué hacer y entonces... –Rocco tragó saliva–. Entonces perdiste el niño.

–Y fue entonces cuando te apartaste de mí.

–Quería darte tiempo porque pensé que eso era lo que necesitabas. Me di cuenta de que estabas desolada y no podía acercarme.

–No querías acercarte –lo corrigió ella.

–No era eso, Nicole, tú no querías hablar. Ni siquiera me mirabas. Pensé que si me iba a Estados Unidos a trabajar tendrías tiempo para hacerte a la idea de lo que había pasado –Rocco suspiró–. Y tal vez, en el fondo, era un alivio que no quisieras hablar de ello.

Ella levantó la barbilla para mirarlo a los ojos.

–¿Por qué?

–Porque tenía miedo –le confesó Rocco entonces–. Tenía miedo de enfrentarme con mis sentimientos tras la pérdida de nuestro hijo. Temía dónde podía llevarme eso.

Hablaba con voz estrangulada y Nicole quería envolverlo en sus brazos, pero aún no. Porque Rocco tenía que decirlo y sentirlo, por mucho que le doliese.

–Rocco...

–Temía que enfrentarme con la verdad sacaría a la superficie todo el dolor que sentí cuando mis padres murieron. Un dolor que había suprimido y que no quería examinar. Ingenuamente, pensé que si me iba... todo se habría calmado cuando volviese.

–Te fuiste a Estados Unidos –le recordó ella–. Lo más lejos posible de aquí.

–Sí, es verdad. Y eso empeoró la situación. Y entonces volví a Sicilia y...

–Yo me había ido –terminó Nicole la frase por él.

–Así es –murmuró Rocco–. Intenté convencerme de que era lo mejor, de que yo no había planeado ese matrimonio. Sabía que nunca sería el marido que tú querías, el marido que tú te merecías.

–¿Y por eso no fuiste a buscarme?

Él asintió con la cabeza.

–Por eso no fui a buscarte. Hasta que recibí la petición de divorcio y, de repente, no era capaz de contener las emociones. Estaba furioso, indignado. Me convencí a mí mismo de que iba a buscarte para llevarte a Mónaco conmigo porque eso sería lo último que tú querrías hacer. Quería castigarte antes de concederte el divorcio. Incluso me convencí de que ya no te deseaba... porque me habías dejado y mi ego no soportaba ese golpe –Rocco hizo una pausa–. Pero entonces te vi en la tienda... y sentí el trueno de nuevo. No era capaz de controlarlo, por mucho que lo intentase. Me dije a mí mismo que acostarme contigo por última vez me libraría de ese loco deseo, pero lo incrementó. Estar contigo me recordaba todas las cosas que tanto amaba de ti: tu creatividad, tu irreverencia, cómo me hacías reír. Todo eso reforzaba lo que no quería admitir... que te quiero, Nicole. Que quiero estar contigo ahora y para siempre.

–Rocco...

–¿Podríamos empezar de nuevo, Nicole? –le preguntó él–. O retomarlo donde lo dejamos. Porque la verdad es que quiero pasar el resto de mi vida contigo. ¿Podrías pensarlo al menos?

La vio luchar para contener sus emociones. Necesitaba abrazarla, pero sabía que no debía hacerlo porque ella debía responder a esa pregunta por su propia iniciativa, no porque él estuviese besándola o abrazándola. Tenía que salir de su corazón.

«Di que sí», imploró en silencio. «Di que sí, mi amor».

Nicole pareció tardar una eternidad, pero al final asintió con la cabeza.

–Sí, lo haré –dijo a toda prisa–. Por supuesto que sí.

Durante el resto de mi vida si tú quieres. Ay, Rocco, Rocco...

—Dímelo, *cara* —la animó él, con voz trémula. Aunque sabía que no tenía derecho a pedirle que le confesara su amor cuando él le había dado la espalda durante tanto tiempo. Pero también Nicole había reprimido sus emociones, también ella había querido esconderse de la realidad.

Fue entonces cuando Nicole empezó a llorar, gruesas lágrimas que caían de sus grandes ojos verdes y rodaban por sus mejillas como gotas de lluvia. Rocco abrió los brazos y Nicole se echó en ellos, hundiendo la cara en su hombro mientras él acariciaba la mata de rebeldes rizos. Lloró hasta que no le quedaban lágrimas y Rocco sospechó que lloraba no solo por los años que habían estado separados, sino por el hijo que habían perdido.

Y, cuando por fin dejó de hacerlo, Rocco inclinó la cabeza para rozar suavemente sus labios.

—Dónde vivamos y cómo vivamos depende de ti. Dime lo que quieres y yo haré todo lo que esté en mi mano para hacerlo realidad.

Por primera vez, Nicole esbozó una sonrisa.

—Me da igual dónde vivamos —le dijo—. Los sitios, los símbolos, el dinero, nada de eso es importante. Solo quiero estar contigo, Rocco. Es lo único que he querido siempre.

Epílogo

OH, *cara,* es tan guapo... –dijo Rocco, con una voz preñada de emoción.

–¿Verdad que sí? –Nicole miró al niño dormido en la cuna y luego los orgullosos ojos de su cariñoso papá–. La viva imagen de su padre.

–Entonces, esperemos que tenga el buen corazón y el sentido común de su madre –respondió su marido mientras la envolvía entre sus brazos–. Ha sido un día estupendo, ¿verdad?

Nicole sonrió mientras rozaba el cuello de su marido con los labios. Había sido un día muy feliz, sí. Primero, el bautizo de su hijo en la catedral donde Rocco y ella se habían casado y luego el banquete en el fragante limonar del complejo Barberi.

Habían puesto a su hijo el nombre de Turi en honor del patriarca que había muerto plácidamente el año anterior, feliz al ver que Rocco y Nicole habían hecho las paces por fin y encantado con el papel que él había desempeñado para que retomasen su matrimonio.

Turi no había vivido para conocer a su biznieto, pero había mimado como nadie a las mellizas que nacieron un año después de que Nicole y Rocco decidiesen instalarse en Sicilia, aunque hacían viajes a Cornualles siempre que podían.

Con sus oscuros rizos y unos brillantes ojos azules que habrían derretido el corazón de una estatua, Lucia y Sofia habían adorado al abuelo de Rocco, que había sido su mayor admirador.

–Ha sido un día perfecto –afirmó Nicole–. *Perfetto*. Me gusta la nueva novia de tu hermano y tu hermana tenía muy buen aspecto.

Tantas cosas habían pasado desde el día que Rocco subió al avión y le declaró su amor delante de todos los pasajeros... Habían retomado su relación de inmediato, sin esperar un día más. Su marido la había acompañado a Cornualles para ayudarla a encontrar una persona que se encargase de la tienda, alguien que la apreciase tanto como ella.

Y luego habían vuelto a Sicilia para retomar su vida de casados, no solo porque la salud de Turi fuese precaria, sino porque Nicole valoraba la vida sencilla de allí. Y, en esa ocasión, por fin sentía que era su hogar. Ya no era una intrusa, aquel era su sitio.

Rocco había vendido la casa de Montecarlo y había empezado a delegar parte del trabajo para poder pasar el mayor tiempo posible con las personas que le importaban de verdad: su familia.

Las mellizas lo tenían comiendo en la palma de su mano desde que nacieron y ahora, su hijo. Y ella, por supuesto. No pasaba un día sin que le dijera que era la clave de su felicidad y que nada de aquello podría existir si no estuviera a su lado.

Rocco le había hecho un estudio con un horno de alfarería donde Lucia y Sofia le permitían algún raro momento de tranquilidad. Sus jarras y cuencos de cerámica empezaban a hacerse famosos en la zona y ya había organizado una exposición en Palermo. Rocco quería comprarle una tienda allí, pero ella le había dicho que no tenía prisa, que habría tiempo para consumar esas ambiciones. Por el momento, quería disfrutar de los dones que había recibido y dar gracias por sus tres hijos. Todos ellos habían llevado alguna vez la ranita que había guardado en su cómoda durante tanto tiempo...

—¿Tienes sueño, *cara*? —la voz de Rocco interrumpió sus pensamientos.

—No, en absoluto.

—Entonces, ¿nos sentamos un rato fuera? Podemos tomar una limonada en el porche mientras miramos las estrellas.

La finca estaba silenciosa después de la fiesta, que había durado toda la tarde y a la que habían invitado a la mayoría de los vecinos del pueblo. Nicole escuchaba atentamente las conversaciones y entendía casi todo porque dominar el idioma de su marido era una necesidad más que una afición. La comunicación era clave, así que había tomado clases con una profesora particular y cada día se sentía más segura. Y a Rocco le divertía muchísimo oír a su esposa inglesa hablando en italiano.

Nicole suspiró después de tomar un refrescante trago de la dulce limonada hecha con los limones de la finca. Sobre ellos, en el cielo de color índigo empezaban a asomar las estrellas más brillantes que había visto nunca.

—*Felici*? —le preguntó él.

—Sí, totalmente feliz —respondió ella.

Rocco sonrió. ¿Quién hubiera pensado que encontraría todo lo que quería en los brazos de su preciosa esposa, entre su creciente familia? A veces pensaba en todo lo que Nicole le había enseñado, sobre todo a enfrentarse con sus sentimientos, aunque le doliese. Porque con el dolor llegaba el entendimiento y la felicidad. Le había enseñado a amar y, al hacerlo, lo había enseñado a vivir.

Su mujer se había quitado las sandalias y estaba moviendo los deditos de los pies, con las uñas pintadas de un estridente tono anaranjado. Solía apartarse el pelo de la cara con una coleta porque las mellizas usaban sus rizos como lianas, pero esa noche lo llevaba suelto y los rizos caían como una cascada oscura por su espalda. El vestido rosa de seda tenía un toque bohemio, pero le gustaba. Estaba preciosa llevase lo que llevase y, al fin y al cabo, su mujer era una artista.

Ella levantó la cabeza y enarcó una ceja al ver que la miraba fijamente.

—¿Qué pasa?

Rocco esbozó una traviesa sonrisa que no dejaba dudas sobre la dirección de sus pensamientos.

—Estaba pensando que tal vez te apetezca que nos vayamos temprano a dormir.

El brillo de los ojos verdes respondió a su pregunta y, cuando se levantó de la silla, ella le ofreció sus manos para que la ayudase a levantarse.

—Debes de haberme leído el pensamiento —susurró.

—Me pregunto si tú puedes leer el mío —respondió su marido.

Nicole soltó una carcajada.

—Rocco Barberi, eres incorregible.

—Lo soy —asintió él, entrelazando los dedos con los suyos y llevándola hacia el interior de la casa—. Y esa es una de las razones por las que me quieres.

Bianca

**Una violenta tormenta azotaba
aquellos dos corazones**

TORMENTA
DE ESCÁNDALO

Kim Lawrence

El corazón de Poppy se rompió siete años antes, cuando el
aristocrático Luca Ranieri le dijo adiós, eligiendo el deber por
encima del amor.

Ahora, Poppy se encuentra en el castillo de su abuela en Escocia,
atrapada por una violenta tormenta de la que también se ha re-
fugiado un deliciosamente desaliñado Luca.

Durante dos días, encerrados y solos en el castillo, Poppy vuelve
a entregarle su corazón. Pero con el final de la tormenta llegará
la realidad… y Luca deberá elegir de nuevo entre su deber y sus
sentimientos por ella.

Acepte 2 de nuestras mejores novelas de amor GRATIS

¡Y reciba un regalo sorpresa!

Oferta especial de tiempo limitado

Rellene el cupón y envíelo a
Harlequin Reader Service®
3010 Walden Ave.
P.O. Box 1867
Buffalo, N.Y. 14240-1867

¡Si! Por favor, envíenme 2 novelas de amor de Harlequin (1 Bianca® y 1 Deseo®) gratis, más el regalo sorpresa. Luego remítanme 4 novelas nuevas todos los meses, las cuales recibiré mucho antes de que aparezcan en librerías, y factúrenme al bajo precio de $3,24 cada una, más $0,25 por envío e impuesto de ventas, si corresponde*. Este es el precio total, y es un ahorro de casi el 20% sobre el precio de portada. ¡Una oferta excelente! Entiendo que el hecho de aceptar estos libros y el regalo no me obliga en forma alguna a la compra de libros adicionales. Y también que puedo devolver cualquier envío y cancelar en cualquier momento. Aún si decido no comprar ningún otro libro de Harlequin, los 2 libros gratis y el regalo sorpresa son míos para siempre.

416 LBN DU7N

Nombre y apellido _____ (Por favor, letra de molde)

Dirección _____ Apartamento No.

Ciudad _____ Estado _____ Zona postal

Esta oferta se limita a un pedido por hogar y no está disponible para los subscriptores actuales de Deseo® y Bianca®.
*Los términos y precios quedan sujetos a cambios sin aviso previo.
Impuestos de ventas aplican en N.Y.

SPN-03 ©2003 Harlequin Enterprises Limited

DESEO

Él nunca se había resistido a las tentaciones

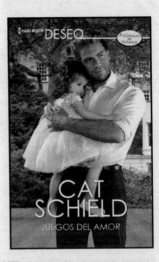

Juegos del amor

CAT SCHIELD

Se esperaba que el millonario Linc Thurston se casara con una mujer de su posición, no que se sintiera atraído por su ama de llaves. Sin embargo, Claire Robbins no se parecía a ninguna madre soltera ni a ninguna mujer que hubiese conocido: era hermosa y cautivadora... y ocultaba algo. Aun así, no pudo evitar meterla en su cama, pero ¿se mantendría la intensidad de esa pasión cuando las traiciones de Linc los alcanzaran a los dos?

¡Por fin podía reclamar su herencia!

EN DEUDA CON EL JEQUE

Annie West

Cuatro años después de heredar, y liberar, a Lina, el poderoso emir Sayid se quedó perplejo al comprobar la transformación de la que había sido su concubina. Lina ya no era tímida e ingenua, sino una mujer irresistible y llena de energía. Sayid nunca había deseado tanto a nadie. Sin embargo, se debía a su país y solo podía ofrecerle una breve aventura. ¿Aceptaría Lina la escandalosa propuesta de pasar una semana en la cama de Sayid?